JN306627

眠れるラプンツェル

山本文緒

角川文庫
14273

ラプンツェルはお日さまの下にいるいちばんうつくしい子どもになりました。十二歳《じゅうに》のとき、魔法つかいの女はラプンツェルを塔《とう》のなかへとじこめました。その塔というのは、森のなかにあって、はしご段《だん》もなければ出《で》はいりの戸もなく、てっぺんにちいさな窓が一つあるぎりでした。魔法つかいの女がなかへはいろうとおもったときには、女は塔の下に立って、

「ラプンツェルや、ラプンツェル、おまえの髪《かみ》の毛さげとくれ」

と呼びかけることになっていました。……………………………

金山鬼一訳「完訳　グリム童話集(一)」（岩波文庫）より

目次

第一章　ねことねむる

夏が終わる。

マンションの八階にあるベランダから、私は空を見ている。

昨日まで、とろりとまとわりついてきた重く熱い空気が、今日はさらさらと半袖《はんそで》から出た腕を撫《な》でていくのに気がついた。

暑さもクーラーも苦手な私は心底ほっとした。クーラーを一晩中入れて眠ると、冷え性の私はぐったりしてしまう。かといって、クーラーなしの熱帯夜を過ごすほど根性も体力もなかった。

私は洗ったシーツを大きく広げて物干し竿《ざお》に干した。白いシーツがふわふわと風になびく。私はベランダの柵《さく》にもたれて、ぼんやりとそれを眺めた。

今日はこれから何をしようか。私は自分のするべきことを考えてみた。でも、頭には何も思い浮かばなかった。

「暇ですなあ」

そう呟《つぶや》いてみる。そしてひとりで笑った。昨日も暇だった。そして今日も暇である。明日もたぶん暇だろう。あ、いや、明日は生協が来る日だからそんなに暇じゃなかった。

でも、今日は暇だ。

嫌いな夏も終わることだ。何か有意義に使わなくては。

私は長袖のポロシャツとジーンズに着替えて部屋を出た。ベランダに出た時は涼しいと思ったが、エレベーターの中はあいかわらず蒸し暑かった。

一階に着いて扉が開くと、同じ階に住んでいる奥さんが立っていた。片手にスーパーの袋を持ち、片手に子供の手を引いている。幼稚園児のその子はまっくろに日焼けしていた。

「こんにちは。暑いですね」

「ええ、もう九月なのに」

そう言葉を交わして、私と奥さんはすれ違う。子供がちらりと私の顔を見た。

マンションから出ると、外は先週とうってかわって静かだった。夏休みが終わって、子供達が学校へ行くようになったからだ。いつものペースを取り戻した街の様子を見て、私は安堵《あんど》を覚えた。

マンション棟に囲まれたゆるやかな坂道を私は下った。バス停の前で、もう一人顔見知りの奥さんとばったり会った。あら、お出かけ？　ええ、ちょっと。長袖着ちゃって暑くないの？　日焼け止めですよ、もう若くないから。まあた、そんなこと言っちゃって、あら、バスが来たわよ。あら、ほんと、じゃあどうも。

私はバスに乗りこむと、一番後ろのシートに座った。私が住んでいる「グリーンヒルズ」と私鉄のターミナル駅「みどりヶ丘」を循環運転しているバスだ。十分ほどでバスは駅前に着く。

昼間の空《す》いたバスに乗ると、私はいつも眠くなる。夜は眠れないのに、どうして昼間外にいると眠いのだろうと不思議に思う。

そしてもう一カ所、強烈に眠くなる所がある。これから行こうとしている場所だ。私はそこが好きだった。眠くて眠くてしようがないのを我慢しながら、そこに座っているのが大好きなのだ。

「あら、奥さん。久しぶりじゃない」

一万円札を機械で両替していると、私は肩を叩《たた》かれた。顔見知りのおばさんが立っている。

「あ、こんにちは」

「あんた、真っ白ねえ。若いのに海とか行かないの？」

「主人が仕事忙しくて、連れてってもらえないんですよ」

「そんなもん、あんた、よその男と行けばいいじゃない」

「あー、そうか。そうですね」

おばさんと私はあははと笑う。おばさんの後に続いて、私はレディース台コーナーに向かった。

「三十五番台。昨日、打ち止めになってたわよ」

「あ、ほんとに？」

「で、さっきちょっと打ってみたんだけどさ。あんまり回らないみたい」

チャレンジしてみますと笑って、私は三十五番台のパチンコ台の前に座った。五百円分玉を買って弾《はじ》いてみる。おばさんは回転が悪いと言っていたが、そんなこともなかった。私はデジタル機のくるくる回るドラムを鼻唄《はなうた》まじりに眺めた。

玉が天井のパイプを流れるすさまじい音、フィーバーを告げる独特のイントネーションの放送、親父が癇癪《かんしゃく》を起こして台を叩く音、有線放送のポップス、煙草の煙。喧騒《けんそう》の下でぼんやり丸いハンドルを握っていると、眠気が脳の中からじわじわ湧いてくるのを感じた。うるさければうるさいほど頭がぼうっとする。十代の頃、初めてディスコに行った時に同じ感覚を味わった。

パチンコをはじめたのは二年ほど前だ。テレビの特集を見て、暇つぶしにいいかもなと思った。結婚前に、まだ恋人だった夫と何度かパチンコ屋に来たことがあったので作法もだいたい分かる。私は駅前商店街の裏手にある、この巨大なパチンコ屋にひとりで通うようになった。

最初はあっという間に数千円分の玉がなくなってしまうのがもったいなくて、三千円ほど使うとすごすご家に帰ったものだった。ところが通っているうちに知り合ったおばさん達に、それじゃパチンコ屋を儲《もう》けさせるだけだと教えられたのだ。

パチンコに技術はいらない。どうせ台はコンピュータ制御されているのだから、必要なのは粘りと情報だった。全然難しいことではない。要は、前の日にどの台が出ていたか見ておき、最低一万円はその台に入れる覚悟をする。もちろん出る台というのは変わっていくものだし、釘《くぎ》だって毎日微妙に調節している。三万円入れたって、負ける時は負ける。だが、私が通っている店は女性専用台のコーナーがあり、女性客獲得のためか釘を甘くしてあった。だから私は、それで結構勝てるようになった。

たとえそれが暇つぶしのパチンコでも、できなかったことがうまくできるようになれば嬉《うれ》しい。私は一時パチンコに夢中になった。開店の十時に店に入り、夕方までいることも多かった。

大きな欠伸《あくび》をはじめたとたん、デジタル機のドラムが左から順に同じ数字で止まって、リーチがかかった。私は欠伸を途中で止めて、右端のドラムを見つめた。けれど、動きを緩めたドラムは大当たりの数字を通り越して滑っていった。私はハンドルから手を離す。

ちょうど玉がなくなっていたが、私は続きをやろうかどうしようか迷った。長袖のポロシャツを着て来たのに、肩のあたりがひんやり冷えている。パチンコ屋は冷房が効きすぎているのだ。

原色に飾られたけばけばしい台を眺めていると、またひとつ欠伸が出た。眠い。何だかパチンコも飽きてきた。家に帰って寝ようかと、私はデニム地のトートバッグを持って立ち上がった。

「もう帰るんですか？」

狭い通路を歩きはじめると、男の人の声がして私は立ち止まった。パチンコ屋の店員がにこにこ笑って立っている。私は彼の顔を思わずじっと見てしまった。私が答えないので、その若い店員は不思議そうな顔をした。私は慌てて言う。

「今日はついてなくて」

「そういう日もありますよ。来週には新装開店だから、ちょっと今は締めてるんだ」

「そうなの。じゃあ、来週来るわ」

いかにも昔ヤンキーだったという感じのその彼に、私は軽く手を振った。きっと年下であろうその男の子も人懐っこい笑顔で手を振り返す。出口の自動ドアの所で振り返ると、彼はもう他のお客と談笑していた。

私はパチンコ屋を出ると、隣り合わせにある大きなゲームセンターの扉を押した。そこを通り抜けると、駅前のバスターミナルへ近道になるのだ。

ゲームセンターの中は、昼間でも洞窟《どうくつ》のように暗かった。パチンコ屋とはまた違う騒音に満ちている。ＵＦＯキャッチャーの音楽、人工的な爆発音、ありとあらゆる電子的な音。パチンコ屋に比べたら煙草臭さは少ないけれど、妙な甘ったるい匂いがする。

私はぶらぶらとゲームセンターの中を歩く。まだ午後の早い時間のせいか子供達の姿はなかった。大学生か浪人生のような男の子、仕事をさぼった若いサラリーマン、水っぽい感じのカップルが、大して面白くもなさそうにゲームをやっていた。

私はゲームセンターが嫌いではないのだが、ここ何年もアーケードゲームをやっていなかった。家にファミコンがあるので、わざわざ百円玉を使って外でゲームする気にはなれないし、第一この場所は私には似合わない。パチンコ屋では、私はそんなに浮いた存在ではない。「暇なおばさん」はパチンコ屋には沢山いるが、ゲームセンターにはいない。私が今そこの椅子に座って雀《ジャン》ピュータをはじめたら、好奇の視線を浴びることだろう。

そんなことを考えながら出口に向かって歩いて行くと、ふと見たことがある顔を見つけて私は立ち止まった。

一番隅の機械に向かい、コントローラーを動かしている男の子。

ルフィオだ。

私は声に出さず、彼の名前を呼んだ。ルフィオったら、こんな時間にこんな所で何してるのよ。

彼は制服姿だった。紺のブレザーも緋色《ひいろ》のネクタイもいつまでたっても似合わない。彼は熱心にストリートファイターをやっている。その横顔を私はしばらく眺めた。もちろん、声をかける気などない。彼は学校をさぼっているのだろうし、そんな時に隣の部屋に住んでいるおばさんに声をかけられたら嫌に決まっている。第一、彼が私の顔を覚えているかどうかも怪しかった。

私はルフィオから目をそらして歩きだす。そしてゲームセンターの外へ出た。まだ日差しは高い。私は穴から出てきたモグラのように目をしばたたかせる。

今日はいいことがふたつもあった。

何カ月かぶりに、知らない男の人と口をきいた。そしてルフィオを見かけた。

いいことがあるのは、嬉しい。

私は結婚して六年目の専業主婦だ。

結婚したら、楽だった。毎日毎日そりゃあ平和で呑気《のんき》である。退屈でしょう、と言う人もいるけれど、もし本当に退屈が嫌ならば、とっくの昔に私は働きに出ているだろう。退屈でない生活など、考えただけでもぞっとする。何しろ私は子供の頃から怠け者で、毎日同じ時間に起きて同じ電車に乗って学校へ行くのが苦痛で堪《たま》らなかった。

大人になってもそれは変わらず、遊びの約束でさえ明日の六時に新宿アルタね、などと言われると憂鬱《ゆううつ》になった。明日になってみなければ、行きたいか行きたくないかは分からない。しかし、そう口に出したら変人扱いされることぐらいは分かっていた。だから、独身の時はストレスが溜《た》まって仕方なかった。

結婚して専業主婦になったら、とても楽だった。

夫は仕事が忙しくてほとんど家にいないので、私は何をしようと自由である。働こうが働かなかろうが、出かけようが家で昼寝をしようが自由だ。

だから、私はもう丸六年もこうしてぶらぶらと暮らしている。私は退屈が好きだ。世間の人がレジャーを求め、そのレジャーのために必死に働いている横で、私はごろごろと昼寝をする。

特に私は自分の夫が理解できない。彼はいつもいつも忙しい。どう考えても忙しいのが好きだとしか思えない。だから、私は彼を忙しくさせておいてあげている。

夫と私に共通点があるとすれば、それは「どうしても好きなことがしたい」という点だと思う。

私は夫を愛している。好きなことだけして生きていくために、結果的には嫌いなことも懸命にこなしているらしい、夫が。

家に帰って洗濯物を取り込んでいると、リビングで電話が鳴った。私は乾いたシーツを抱えたまま部屋に戻る。うちの電話は滅多に鳴らないので、間違い電話かなと思って出ると夫だった。

「よお、久しぶり」

彼の声はいつ聞いても明るい。

「どうしたの？」

「ちょっと、今から帰るよ」

「え？　今からって、今どこ？」

「みどりヶ丘」

「うそ。もう帰って来てるんじゃない」

「じゃ、よろしく」

そう簡単に言われてしまい、私は慌てた。手に抱えていたシーツを放りだし、テレビの前に出しっ放しになっていたファミコンを片づけた。散らかった新聞紙と漫画雑誌を拾って押入れに突っこみ、冷蔵庫を開けてみた。お肉よし、魚よし、卵よし。あ、ご飯を炊かなくては、と慌ててお米を研いで炊飯器のスイッチを入れる。

そしてリビングを振り向き、私は舌打ちをした。月末まで帰って来ないと言っていたから、もう二週間も掃除機をかけていない。埃《ほこり》取りのローラーを出して来て、私は急いで落ちている塵《ちり》や髪の毛を掃除した。トイレに駆け込み、便器をざっと拭《ふ》いた。お風呂《ふろ》掃除はたまたま昨日やってあったのでほっとした。

電話を切ってから二十分後に夫はチャイムを押した。私は口紅だけ塗って髪を梳《と》かし、ジーンズからスカートに穿《は》き替え、新しいエプロンを首にかけたところだった。

「よおよお、久しぶり」

電話で言ったことと同じ台詞《せりふ》を夫は言った。見たことのないオレンジ色のポロシャツにジーンズという軽装だ。午前中に見た、近所の幼稚園児と同じぐらい日焼けをしていた。

「お帰りなさい。どうしたの、急に帰って来て」

「汐美《しおみ》ちゃん、何か息が切れてないか?」

私の質問には答えず、彼は鋭くもそう言った。

「急いで片づけてたもんだから」

「愛人を?」

「そう。押入れ、開けないでね」

そんなつまらない冗談に、彼はわははと大きな声で笑った。あいかわらずの業界人っぽい笑いにちょっと腹がたって、私は夫に背を向けた。その時、後ろで何かがミャアンと鳴いた。

振り返ると、夫の手に籐《とう》のバスケットがあった。その中からもう一度鳴き声がした。

「お土産。ナマモノだから今日中にどうぞ」

そう言って夫は私にそれを差し出した。

猫だった。

全身真っ黒で、鼻の頭と四本の足の先が足袋《たび》を穿かせたように白かった。と思ったら、わざとらしくも右の後ろ足だけ足袋を穿いていない。

そいつは小柄な猫だったが、子猫ではなかった。意外と若いのか意外と年寄りなのか分からないが、毛の艶《つや》けよく、ころころと太っている。

バスケットを開けると、猫はびゅっと飛び出して行き、リビングの隅に置いてある観葉植物の陰まで走って行った。鉢植えの後ろから、おどおどした顔でこちらの様子を窺《うかが》っている。私はすごく驚いてそいつを指さした。

「あれ、どうしたの？」

「いやさあ、話せば長いんだけどね。要約すると、引き取ってくれる人がいなくて、うちに来たってわけよ。ほら、ちょうどうちには暇がある人と3DKのマンションがあったから」

夫はポロシャツを頭から脱ぎ、寝室に向かって歩いて行く。私はその背中を追いかけた。

「私、猫なんて飼えないわよ。困るってば」

「困ることない。可愛いじゃないか」

「可愛いけど、困るわよ。だってここは八階よ。外にも出られないし」

夫は寝室にあるクローゼットを開ける。私の方を見もしない。

「いいのいいの。元々あいつマンション猫なんだって。前はワンルームに住んでたっていうから、広くなって嬉《うれ》しいんじゃないの。ねえ、ブルックスの長袖《ながそで》のシャツどこだっけ」

「そこじゃなくて、押入れの衣装ケース」

「出してもらっていい？　仕事場に秋物持って行きたいんだ」

「……はい」

私はしぶしぶ返事する。夫はふんふん鼻唄《はなうた》を歌いながら、風呂場に向かって行った。その裸の背中を私は見返る。四捨五入すると四十になる年齢のわりには、しっかり筋肉がついている。つまり家に帰って来る時間はなくても、ジムに通う時間はあるのだ。私は衣装ケースから、秋物のシャツやセーターを出してベッドの上に放った。

それらを大きな紙袋に入れると、私はリビングに戻る。ふと見ると、さっきまで植木鉢の陰にいた猫がいなかった。私はきょろきょろと猫の行方を捜す。足元ばかり見ていたら、頭の上からくしゅんと猫のくしゃみが聞こえた。そいつはいつの間にか食器棚の上にいた。

「……どうやって上ったの？」

聞いたところで、猫は答えない。疑《うたぐ》り深そうな眼差《まなざ》しでじっと私を見下ろしている。困った。いくら私が嫌がったところで、夫が猫を持って帰ってくれるとは思えなかった。きっと彼は「これで万事解決」と思っているに違いない。

シャワーの音が途切れると、首からタオルを下げて夫がリビングに戻って来る。無駄だとは思いながらも私は一応抗議した。

「ねえ、あまりにも勝手じゃない？　どうして私に聞いてから連れて帰って来ないの？」

「聞いてたら、どうしてた？」

「断ったわよ」

「だから、いきなり連れて帰って来たんだよ」

　まるで悪びれず彼は言う。

「最初っからマンションで育った猫っていうのは、外を知らないから行きたいって思わないんだってさ。不妊手術もしてあるから発情もしないし、エサだけやってあとは放っておけばいいんだよ。生きてるぬいぐるみだ。可愛いじゃないか。そんな不安がることないだろう」

「……だって」

「毎日一人で淋《さび》しいんじゃないかと思ってもらって来たんだぞ。もっと喜んでくれてもいいんじゃない？　それとも猫が嫌い？」

　すごく優しい顔をして、夫は私にそう聞いた。私はそれでもう何も言えなくなる。

「……おなか空《す》いてる？　何か作ろうか？」

　私は溜《た》め息とともにそう聞いた。煙草に火を点《つ》けながら彼は首を振った。

「いや、もう仕事に戻らないと」

「え？　お夕飯も食べないの？」

「無理言って抜け出して来たんだ。このままじゃまた何週間も汐美の顔が見られないと思ってさ」

ご飯炊いたのに。三合も炊いたのに。夕飯と明日の朝ご飯の分。そう口にしたかったけれど、私は黙っていた。

「ねえ、あの子の名前は？」

私は諦《あきら》めの境地に佇《たたず》み、食器棚の上で縮こまっている猫を見た。

「ええと、聞いた気がするけど忘れちまったな。もううちの猫なんだし、適当な名前つけておけばいいんじゃない」

「……あの子、いくつぐらいなのかしら」

「さあ、どうかねえ。分かった。元の飼い主に聞いとくよ」

夫はさあてと呟《つぶや》くと、煙草を灰皿に押しつけて立ち上がった。秋物の服を詰めた紙袋から一枚シャツを取り出して手早くそれを羽織る。

「じゃ、そういうことで」

玄関で靴を履いて、夫は明るくそう言った。何がそういうことなのかは分からなかったが、私は特に質問しなかった。

「猫の名前と歳を聞いてきてね」

「おし、分かった」

じゃ、と掌《てのひら》を上げて夫は出ていく。私もじゃ、と言って掌を上げた。ばたんと玄関が閉じられる。私はだらだらと部屋の中に戻った。先程夫が着ていたオレンジ色のポロシャツが、ソファの上に脱ぎっ放しになっている。その上に、いつの間に下りて来たのか白黒の猫がちんと座っていた。


木曜日の午後は、生協の日だ。

面倒が嫌いな私が、何故生協の共同購入なんかをやっているかというと、このマンションに越して来た時、近所の奥さんに強く誘われたのだ。

新しい班を作りたいから人数合わせに入ってほしいと言われて、私は簡単に頷《うなず》いた。怠け者の私でも、せめて一週間に一度ぐらい用事があった方がいいような気もしたし、面倒が嫌いだからこそ、ご近所の人と馴染《なじ》んでおこうと思ったのだ。

そのまま六年がたつけれど、特に問題は何もない。一週間に一度、食料や日用品が届けられるのは便利といえば便利である。

「手塚さん。このギョーザ、お宅の？」

「あ、いえ」

「じゃあ、誰のかしら。ちょっと伝票見てくれる？」

班長の奥さんに言われ、私はコンクリートの上に敷いたござの上にしゃがんで伝票をめくった。

生協の配達員は、上の階まで荷物を持って来てはくれない。マンションの出入口の所にはベンチが二つほど置いてあるスペースがあり、私達はそこにビニールのござを敷いて、それぞれの家庭で買ったものを分けるのだ。

「箕輪《みのわ》さん、みたいですね」

私が言うと、奥さん達は顔を見合わせる。

「また箕輪さん？」

「あの人、注文しておいて何で取りに来ないのかしら」

「手塚さんに甘えてるのよ。困った人ねえ」

奥さん達は口々にそう言う。私は曖昧《あいまい》に笑いながら、お米や缶詰、そして箕輪さんが取りに来なかった冷凍のギョーザをショッピングカートに入れた。

ござの上に溢《あふ》れていた食料をきれいに分けてしまうと、私達はエレベーターに乗って自分の部屋に帰って行く。

班の中のひとりが臨月の大きなおなかでウーロン茶のボトルを抱えていたので、私は自分のショッピングカートにそれを入れてあげた。

「すみませんねえ」

「いいえ。もうすぐ生まれるんでしたっけ」

「そうなのよ。早く産んでうつ伏せに寝たいわ。ああ、あと足の爪が切れないのよ。情けないったら」

いっしょにエレベーターに乗っていた班の人達と私は笑った。

「手塚さんは、お子さんは？」

「まだなんですよ」

「もう結婚して結構たつんじゃない」

「六年です」

「一度、病院で調べてもらったら」

「ええ、そうですね」

そこでエレベーターが八階に着いた。私達はそれぞれの部屋に会釈をして戻って行く。

自分の部屋の玄関を閉めたとたん、どっと肩の力が抜けた。

すごく疲れた気持ちになってサンダルを脱いでいると、リビングの入口から猫が顔を覗《のぞ》かせていた。アーモンド形の大きな瞳《ひとみ》がまっすぐ私を見ている。

「……ただいま」

私がそう言うと、猫はそろそろと扉の陰から出て来た。昨日からずっと、そいつはびくびくして私に手を触れさせなかった。なのに、今日は足元までやって来て、ためらいがちに私のふくらはぎに額をこすりつけた。素足に、ふんわりと生き物の感触がした。

「おなか、空いたの？」

猫は短く「にゃ」と鳴いた。

私は生協の荷物はそのままにして、昨日買って来た猫用の缶詰を開けてやった。いっしょに買った皿にそれを出し、猫の鼻先に置いてやる。ちょっと匂いを嗅《か》いだ後、そいつはガツガツと食べはじめた。

私はしゃがみこんで、猫が食事をするのを眺めた。

昨日、夫が出かけてしまった後、私はもう一度みどりヶ丘までバスで出て、ペットショップに行ったのだ。

実は私は、生まれてから一度も動物を飼ったことがなかった。いきなり猫なんか押しつけられて、私はかなり途方に暮れていた。ペットショップに行けば、何が必要でどうしたらいいか教えてもらえるだろうと思ったのだ。

ペットショップの人は親切に、缶詰から爪研ぎ、トイレとトイレの砂、マンション猫用の草（猫って奴は草なんか食べるのだ）、そしてまたたび入りのおもちゃまで出してきた。すごい出費だ。出費もすごいけれど、大荷物になってしまって私は再び途方に暮れた。頭にきてタクシーでマンションまで帰って来た。

家に戻って靴を脱ぎ、玄関の敷物の上に足を置いたとたん、ぺちゃりと嫌な感触がした。

臭う。私は濡《ぬ》れた足の裏を見て、がっくり肩を落とした。よりによって、どうしてこんな所で粗相をするのだろうか。

　猫の奴は、また食器棚の上にいた。怒ろうかどうしようか迷った。子供の躾《しつけ》は、悪いことをしたらすぐ注意しろというけれど、猫にはどうだろう。言ったところで分かるのだろうか。

　考えているうちに、何もかもが面倒臭くなってしまい、私はとりあえず買ったばかりの缶詰を開けて猫にやってみた。猫は緊張しているのか、食べようとしなかった。

「勝手にしなさい。トイレは洗面所の前に置いておくからね。玄関マットの上ではもうしないでね。何かご質問は？」

　質問がないようなので、私はそれからずっと猫のことは放っておいた。疲れる一日だったので、その晩、珍しく私は早い時間に眠りについた。朝起きて顔を洗いに行くと、猫のトイレの砂が丸くかちかちに固まっていた。どうやらここがトイレだということを分かってくれたようだった。けれど、あいかわらず猫はびくびくして、食器棚の上から私を見ているだけだったのだ。

　昨日から何も食べていなかったせいか、猫はぺろりとお皿の中身を全部平らげた。げふっと息を吐くと、何気ない顔をしてタタッと食器棚に飛び上がった。その跳躍力に私は目を丸くする。当の本人は私を無視して、のんびり髭《ひげ》についた食べ滓《かす》の掃除をはじめた。

どうやらだいぶリラックスしたようだ。私は複雑な気分で、身繕いする猫を見上げていた。

夜の八時に、玄関のチャイムが鳴った。

そろそろ来る頃だとは思っていたので、私は「はあい」と返事をして、冷凍庫にしまってあったギョーザのパックを出してから玄関を開けた。

案の定、隣の家の箕輪さんが笑顔で立っていた。

「ごめんなさいね。私、また今日が生協なのころっと忘れてて」

いいんですよと言って、私はギョーザを差し出した。

「いつも悪いわね」

「いいえ、お互い様ですから」

今日の箕輪さんは、黄色のスーツを着ていた。彼女はいつも原色のスーツを着ている。紫の時もあるし、赤の時もある。けれど何故かそれは中間色ではなく、いつも思わず目をつぶってしまうような鮮やかな色なのだ。その絵の具の見本みたいな服の上には、つやつやのボブカットの髪と頰骨の高い整った顔がのっていた。

「いつもお世話になりっぱなしなんで、これ、よかったら貰《もら》って」

箕輪さんは私に小さな封筒を差し出した。いえそんな、と言いながらも受け取って開けると、それはテレフォンカードだった。小さな女の子のアップの写真。その子は箕輪さんの娘だった。絶句していると、彼女は嬉《うれ》しそうに言った。

「この前、お漬物のコマーシャルに出たでしょう。その時、メーカーの人が作ってくれたの」

「……可愛いですね」

「でしょう。ずっと持ってれば、そのうち一万円ぐらいで売れるかもよ」

彼女は冗談のつもりで言ったのだろうが、私はまったく笑えなかった。

箕輪さんはいわゆる、ステージママという奴だ。

娘を子役専門の劇団に入れていて、ずいぶん前から雑誌のモデルやテレビのちょい役に出ていたそうだ。最近、テレビに出る回数が増えつつあって、箕輪さんもいろいろと忙しいらしい。以前は生協の日に出かける用事があると、私に荷物を預かっていてくれないかと頼みに来ていたが、今では何も言われなくても、私が代わりに彼女の家の荷物を預かっておくという習慣ができていた。

「あら、猫」

彼女が私の肩ごしに部屋の中を覗きこんでそう言った。私はやばいと身を硬くする。どうしてリビングの扉を閉めてこなかったんだろうと後悔した。

「おいでおいで。ネコちゃん」

　箕輪さんは意外にも機嫌のいい声を出した。猫はびくっと震えて、部屋の奥へ逃げて行く。

「まあ、愛想のないこと。いつから飼ってるの？」

「あの、えっと」

「全然気がつかなかったわ。鳴き声なんか聞こえなかったし」

「……あんまり鳴かないんです」

「でもこのマンション、ペット可だったかしら」

　笑いながらも、彼女はちろりと私の顔を見る。私はコブラにすごまれた間抜けなネズミのように、ただ固まっているだけだった。

「やあねえ、そんな泣きそうな顔しないで」

　けたけたと彼女は笑い声をたてた。

「猫ぐらい、他にも飼ってる家あるわよ。でも管理人さんには見つからないようにしなさいよ。本当に手塚さんって気が弱いのねえ」

　そう言われて、私はぎくしゃくと口元だけで笑った。

「でも、マンションの部屋に閉じ込めて、一生飼うのは何か可哀相ね」

　からかうように言って、彼女は私に手を振った。スーツの腰をふりふり彼女が自分の家に帰って行くと、私は玄関の鍵《かぎ》を閉めて息を吐いた。

まったく疲れるおばさんだ。私はリビングのソファに崩れるように座った。すると、待っていたかのように、猫がひらりと私の膝《ひざ》に飛び乗った。

「わっ」

動物に膝に乗られたのなどはじめてで、私は思わず大きな声を出してしまった。猫の奴はそんな私をきょとんと見てから、もぞもぞとお尻《しり》を揺すって座り位置を直し、目を細めてごろごろと喉《のど》を鳴らした。

私はそっと猫の頭を撫《な》でてみた。柔らかい。そいつは私の方を向くと、顎《あご》をぴんと伸ばして「遠吠《とおぼ》えをする狼」のポーズを取った。喉を撫でてくれということだろうか。私は恐る恐る指で喉をさすってやった。すると、そいつは一層大きく喉を鳴らした。

可愛い。私はそう思った。

両親が共働きだったせいか、私の育った家には動物を飼おうという発想がなかった。だから人のペットをうらやましいと思うこともなかった。しかしいざそばに置いてみると、なるほど、柔らかくて可愛い生き物がそばにいるというのは楽しいことなんだなと納得した。

そいつはよほど気持ちがよかったのか、私の足の上でくるんと丸まると、あっという間にくうくう寝息をたてはじめた。その無防備さに私は驚き、そのまま動くことができなくなってしまった。仕方なくじっとソファの上に座っていた。

て見た。

暇に任せて、先程箕輪さんにもらったテレフォンカードをエプロンのポケットから出し
確かにずいぶん可愛い顔をした女の子だ。母親にはあまり似ていない。かすかに眉《まゆ》と輪郭が似ているけれど、別々に会ったら親子とは分からないだろう。

私はテレカに写った少女の笑顔を見て、この子が猫のように膝に上がって抱きついてきたらどんな感じがするだろうと考えてみた。そして馬鹿な想像だと首を振る。顔は可愛いけれど、本人は何だか嫌な感じのガキなのだ。

それよりも、私はこの子の兄、箕輪さんの息子の方に好感を持っている。ゲームセンターで見かけたルフィオだ。彼は箕輪さんの、中学一年になる息子なのだ。

もちろん、ルフィオなんて名前ではない。私が勝手にそう呼んでいるのだ。以前見た「フック」という映画に脇役で出ていた男の子に、あの子は感じが似ている。映画の中のルフィオという名の男の子は、特に恰好《かっこう》がいいというわけではない。比較的重要な役ではあったけれど目立つ役ではなかった。何と言うか、その存在感のなさ、その苛《いら》ついた感じ、からだつきは大人に近いのに内面がまったく子供、という感じがとてもよく似ていると思った。

私はルフィオに好感を持っている。廊下ですれ違えばお互い頭ぐらいは下げるが、私はルフィオと話したことはない。彼の方も隣の家に住んでいる主婦になんか興味はないだろ

う。

ただ、私は彼を見ると、何となく気持ちが痛むのだ。友達といっしょにいるところを見たことがない。笑ったところを見たことがない。小学生だった去年まで、彼は毎日進学塾に通っていた。夕暮れの道を大きな鞄《かばん》を持って出かけて行く不貞腐《ふてくさ》れた顔を見て、私は常々心を痛めていたのだ。

何故だろう。よく分からなかった。

中学に入っても、彼の表情は変わらない。いつも穿《は》いていた細いジーンズが制服の紺のズボンに替わり、少し背が高くなった。目立つタイプではない。どこにでもいる、ただの子供だ。それなのに、何故か私はあの子を見かけると心が和み、そして反対に痛々しい気持ちになった。

隣の箕輪さんが私は苦手だ。できれば係わりになりたくないタイプなのだが、それなのに生協の荷物や宅急便を預かってあげたり、どうかすると新聞の集金までたてかえてあげたりするのは、彼女がルフィオの母親だからだろう。

ほんの少しだけでも、私は彼と係わっていることが嬉しかった。

そこで猫が、ふにゅんと何か呟《つぶや》いた。何だと思って見ても、猫は眠ったままだ。どうやら猫も寝言を言うらしい。投げ出された前足を、私はそっと握ってみた。力を入れたら潰《つぶ》れてしまいそうにきゃしゃで、かすかに湿っていて温かかった。

ルフィオは猫が好きだろうか。触らせてあげたいなと、私はぼんやり思った。

猫が家に来てから、外出することが減った。

可愛くて仕方がないからではない。猫は可愛いけれど、別にべったりいっしょにいたいわけではない。どちらかというと逆だ。私は夫がいない時間、いつどこへ行こうと自由だった。私が出かける所などたかが知れているのだが、それでも猫がどうも気になって、外出する気になれないのだ。

気になるのは猫の安否ではない。私が部屋にいる時、そいつはほとんど鳴かないけれど、もしかしたら私がいないと淋《さび》しがって、ご近所に聞こえるような大きな鳴き声を出すのではないかと不安だったのだ。

箕輪さんに言われて、マンションに越して来た時管理人に渡された入居規則を読んだら、やっぱりペットは不可だった。箕輪さんは見逃してくれたけれど、世の中には色々な人がいるのだ。見逃してくれない人もいるかもしれない。

そう思って、しばらく私はびくびくして暮らしていた。こんなにびくびくしなければならないのなら、いっそのこと猫なんかどこかに捨ててこようかとも思った。別に欲しくて飼いはじめたのではないのだから。

でも、何週間かいっしょに暮らしているうちに、私が思っているほど猫は人間に興味がないのだということに気がついた。

にゃ、と短く鳴く時は、おなかが空《す》いている時と、猫用のトイレが汚れている時だ。それ以外は何も言わないし、勝手にひとりで家中を走り回って遊び、疲れるとその辺にばったり行き倒れるようにして眠っている。

外にもあまり興味がないようだ。ベランダに出たそうな気配も見せないし、私が玄関の扉を開けてもちらりと視線を向けるだけで玄関に近寄ろうとはしなかった。

ペットを飼うということは、もっとベタベタすることかと思っていた。けれど、猫は思ったよりも淡白な動物だった。膝に乗って来て甘えることもあるけれど、三十分もたたないうちにふいと膝から下りてしまう。気が向かない時に撫でようとすると、冷たい視線を向けて食器棚の上に上がってしまう。同じ家の中に住んでいても、知らん振りしている時間の方が長いのだ。

エサとトイレの掃除さえちゃんとしてやれば放っておいてもいいのだと分かると、私はやっと安心して猫を置いて出かけようという気になった。

お彼岸が過ぎると、風はさらに秋らしくなった。私は嬉《うれ》しくなって、久しぶりにパチンコ屋に行ってみることにした。

開店の十時から店に入り、私はお昼前に大当たりを出した。その台が三連チャンをして、この前の若い店員がサービスにヤクルトを一本くれた。その台は無制限台だったし、元ヤンキー君が「まだこの台は出ますよ」とこっそり教えてくれたので、私は食事中の札を出してもらいハンバーガーでも食べることにした。

ハンバーガー屋は駅前にある。私は近道をしようとゲームセンターの扉を押した。またルフィオがいないかしらとご機嫌でゲームセンターの中を歩いていたら、以前見かけた時と同じゲームに向かいルフィオがコントローラーを動かしていた。

今日はついてるなあ。

そう思って立ち止まった時、私の横を誰かがすいと通り抜けた。地味なスーツ姿の中年女性が彼に向かってずんずんと歩いて行った。もちろん母親ではない。

その女の人は、ゲームに夢中になっているルフィオに何か言った。彼はびくりと肩を震わせ顔を上げた。中年女性は責めるような感じでルフィオに手を差し出す。生徒手帳でも出せと言っているのだろう。

「あーあ、馬鹿だね」

私はそう呟いて、しばらく考える。ルフィオはじっとうなだれていた。その女性が彼の腕を取り外へ連れ出そうとした時、私は思わず二人に駆け寄った。

「ルフィオ」

私は彼をそう呼んだ。とっさに本名が思い出せなかったのだ。

「お待たせ。さ、行きましょう。あら、どうしたの？」

　私は笑顔を作ってそう言った。ルフィオもたぶん補導員であろうその女性も、驚いた表情で私を見る。私は彼にすばやく目配せした。ルフィオはそれで、私が味方であることを理解したようだった。

「おばさん。遅かったじゃん」

　この野郎。せめてお姉さんと言えよと私は内心思う。

「ご家族の方ですか？」

　補導員がそう聞いてきた。

「ええ。この子の母親が入院していまして、これから二人でお見舞いに行くんです」

「あら、てっきり私、学校をさぼっているのかと」

「どうもすみません。私が急にお手洗いに行きたくなって、ここで待っててもらったんです。どうもお騒がせしました」

　そう言って私はルフィオの腕を取った。まだ何か言いたそうな補導員を残し、私達は腕を取り合ってそそくさとゲームセンターの出口に向かった。外へ出ると、彼は私に向き直る。

「隣の家の人だよね」

　ルフィオは戸惑い気味に私に言う。

「そう。手塚です」

「どうも、すみませんでした」

彼は疑《うたぐ》り深そうな目で私を見ながら、ぺこりと頭を下げた。今は補導員から救ってくれたけれど、この後、説教されるのではないかという不安が顔に出ている。

「平日の真っ昼間から制服でゲームセンターなんかにいたら、捕まるの当たり前じゃない」

「はあ」

彼は何だかピンときていない感じだ。きっと面倒なことになっちゃったなとでも思っているのだろう。私の方も助けてあげたはいいけれど、この後どうフォローしたらいいか分からなかった。

「じゃ、そういうことで」

面倒な時はこう言って切り上げればいいのだと、私は夫の口癖を思い出しながら言った。

背中を向けると、彼は慌てたように私を引き止めた。

「あの、待ってよ」

「何？」

「親には……」

「言わないわよ」

そう言い捨てて再び歩きだそうとすると、彼は私の前に回った。

「さっき俺のこと、変な名前で呼ばなかった?」

私とルフィオは向かい合った。視線の高さは私の方がやや高い。俺、だって。生意気に。子供は子供らしくボクとか言いなさいよ。

「ああ、ルフィオね」

「何、その名前」

「フックって映画見たことない?」

「……スピルバーグ?」

「そう。それに出てくるルフィオって男の子に似てるよ。だから、君のこと密《ひそ》やかにそう呼んでたの」

それを聞いて、彼は眉《まゆ》をひそめた。気味が悪いと思っているのかもしれない。

「ねえ、おばさんち、猫がいるんだって」

急にルフィオが話題を変えたので、私は戸惑って返事をしそこなった。

「母ちゃんが言ってたんだ。白黒の愛想のない猫だって」

「……で?」

「見せてもらっていいですか?」

急に敬語で彼は言った。私をどう扱ったらいいか混乱しているようだ。でも一重瞼《ひとえまぶた》の細い両目が、救いを求めるように私の様子を窺《うかが》っている。

「いいよ。おいでよ」

私は言った。するとルフィオの顔に、はにかんだような笑みが浮かんだ。私ははじめて彼が笑った顔を見た。


ルフィオを連れて私はパチンコ屋に戻り、銀の玉がぎっちり詰まった箱を三つ彼に持たせた。それを精算して、店の裏手にある景品交換所で現金に換えるまで、彼は「すげえなあ、すげえなあ」と馬鹿みたいに繰り返していた。

「俺もパチンコしたいなあ」

「十八歳に見えるようになったらね」

「えー、俺って何歳に見える？」

「年相応」

正直に言うと、彼は不服そうな顔をした。

私とルフィオはバスに乗ってグリーンヒルズまで帰って来た。誰かに見られたら何か言われるかと思って私は内心びくびくしていたが、彼は特に気にする様子はなかった。けれど、さすがにマンションの下まで来ると「母ちゃんに会ったら困る」と言って、時間差をつけてエレベーターに乗った。

私が部屋に入って約三分後、コツコツコツコツと三つノックの音がした。開けるとルフィオが立っていた。

「お邪魔しまーす」

小学生のように言って、彼は部屋の中に入って来る。

「猫、どこ？　どこ？」

「その辺にいない？　食器棚の上は？」

「あー、いたいた。うひゃー、かあいいなあ、お前」

ルフィオは背伸びをして猫を引きずり下ろすと、腕に抱えて頭を撫《な》でまわした。猫は迷惑そうな顔をしていたが、おとなしくされるがままになっていた。

「こいつ、名前なんていうの？」

横に立っていた私にルフィオが聞く。

「知らない。おなか空いちゃった。何か食べる？」

「知らないって、何だよそれ」

「知らないんだもん。しょうがないじゃない。スパでも食べる？」

「何スパ？」

「タラコとアサリ」

「俺、貝は嫌い」

「じゃあイカは？」

「イカは好き」

私は肩をすくめて、キッチンへお湯を沸かしに行った。ルフィオは上着とネクタイと靴下をぽいぽい脱ぎ捨て、すっかりリラックスした様子で猫を膝《ひざ》に抱えこんでいる。

「こいつ、変な模様だねえ」

リビングから彼がそう言ってきた。

「足袋《たび》穿《は》いてるみたいでしょ」

何気なく言うと「タビって何?」という答えが返ってきた。

「足袋を知らないの?」

「知らない」

「着物を着る時、穿くやつよ」

「着物なんか着たことないもん」

冷蔵庫から出したタラコをほぐしながら、そうか彼はまだ十二年ぐらいしか生きていないのだなと改めて思った。きっとまだ知らないことが山のようにあるのだろう。

「名前ないならタビでいいじゃん。あ、でも女の子なのにそんな名前じゃ嫌か、お前?」

ルフィオは猫を目の高さまで抱き上げてそう聞いている。私はタラコだらけの両手のまま、思わず振り返った。そういえば、猫が雄か雌かさえ、私は認識していなかったのだ。

「その子、女の子なの?」

「何言ってんの、おばさん。キンタマないじゃん」

きんたま、と私は呟《つぶや》いた。さすが男の子だ。そんな単語、嬉《うれ》しそうに言うなんて。

私がスパゲティーを茹《ゆ》でている間、ルフィオは子供のような声をきゃっきゃと上げて猫と遊んでいた。

「できたよ」

私がそう言うと、彼は猫を抱えたまま、ものすごく嬉しそうな顔でキッチンのテーブルにやって来た。私は猫にもキャットフードの入ったお皿を与えた。

「タビもここで食べよう」

床に置いた猫の食器をルフィオはテーブルの上に置き直し、猫をひょいとつまんでテーブルの上に乗せた。

私は一瞬、注意しようかどうしようか迷った。けれど叱ろうとしたとたん、どうして動物を食卓の上に乗せたらいけないのか自分でも分からなくなって、そのままにしておいた。

私もルフィオも猫も、しばらく黙々と食事をした。

「おばさん、これ、うまいよ」

「そう」

「どうやって作るのか教えて。俺もうちで作るから」

「お母さんに教えてもらいな」

「うちのババア、料理なんかしねえもん」

唇を尖《とが》らせてルフィオは言った。まだ髭《ひげ》も生えていないのだろう、つるりとした頬が幼かった。けれど、フォークを持った手は骨ばっていて大人のようだ。

食べ終わると、ルフィオは黙って自分の分と私の皿を流しに持って行って洗いだした。

私はコップに残ったジュースを飲みながら、その様子をぼんやり眺める。

家の中に夫以外の人間を入れたのは久しぶりだった。いつも自分しか使わない流しで、他人が（それも子供が）皿を洗っているのは不思議な光景だった。

「おばさん、俺、もう少しいていい？」

洗いものをしながら、ルフィオは私にそう訊《たず》ねた。

「いいけどさ。おばさんって言うの、やめてよ」

私の文句に彼は少し考える。

「おばさん、何歳？」

「女性に歳を聞くのは失礼だって、学校で習わなかった？」

「習わなかった。そうなの？」

「まあいいや。二十八歳」

正直に自己申告した私を、彼は食器を洗う手を止めて見た。その二十八という数字について、彼はかなり長い時間考えていた。

「おばさんじゃん」

考えた末に出した答えがそれだった。

「あー、そうね。そうかもね。おばさんって呼んで下さい。構いません」

「怒ることないじゃん。本当のこと言われてさ」

そうだ。確かに本当のことだ。何しろ私には姪《めい》っ子がいるので、正真正銘の叔母《おば》さんである。それに、本当は「おばさん」であることが私はそれほど嫌ではないのだ。

「ルフィオはいくつ？」

「十二」

十六歳も違うのかと私は思った。彼が生まれた時、私は高校一年生だったのだ。ぎりぎりではあるけれど、親子にもなれる歳の差だ。

「学校さぼっても、行く所なくてさ。夏前は友達と新宿に行ったりしてたんだけど、最近はそういうのもだるくって」

「ふうん。君は不良だったんだ」

「違うよ。不良なんてくだらない。このタオルで手え拭《ふ》いていいですか？」

時折思い出したように混ざる敬語が可笑《おか》しくて、私は下を向いてぷっと噴き出した。

「同じ間取りで家具が違うと変な感じ。うちより広いみたいな気がする」

そう言いながら、ルフィオはリビングを見渡した。

「うちは二人しか住んでないもん」

「そっか、うちは四人も……あ、スーファミがある」

ルフィオは、テレビの前に置きっ放しになっていたファミコンを見つけて嬉しそうに言った。

「やっていい？　やっていい？」

その勢いこんだ感じに、私はきょとんとした。

「今時の子供のくせに、スーファミごときに興奮しないでよ」

「だって俺、持ってないもん」

テレビの前にどっかり座りこみ、勝手に電源を入れているルフィオを私はびっくりして見た。

「どうして持ってないの？」

「母ちゃんがうるさいんだ。あんなのあったら勉強の邪魔になるだけだって」

「……確かにね」

「これ何？　ＦＦ？　ストII持ってないの？」

「持ってない。ガキはテトリスでもしてな」

そう言って私はテトリスのソフトを出してやった。

ゲームをはじめると、ルフィオは急に黙りこんだ。私もソファに寄り掛かり、しばらく黙ってテレビの画面を眺めていた。

「あなたのお母さん、しょっちゅう出かけてていないみたいじゃない。学校行くふりして、家に帰ってればいいのに」

真剣な彼の横顔に、私はそう言った。

「いないならいないで、ずっといなきゃいいのに、たまにいる時もあるから困るんだよ。家でごろごろしてる時に帰って来られたらうるせえもん」

「ママが恐いんだ」

からかうように言うと、画面に向けたままだった顔をルフィオはこちらに向けた。むっとした表情だ。私はその不機嫌な顔にどきりとする。

「ねえ、そのフックって映画見たいよ」

話題を変えるようにして、彼はそう言う。

「ビデオで借りて見たから、持ってない」

「じゃあ、今度借りてくる」

「自分ちで見なよ」

私が言うと、彼は返事をしなかった。そして黙ったままファミコンの電源を切ると、突然立ち上がり「お邪魔しました」と言って鞄《かばん》と上着を持ち上げ、すたすたと玄関を開けて出て行ってしまった。

バタンと音を立てて閉じたドアを、猫が不思議そうな顔で見ている。私もソファに寄り掛かったまま、ぽかんとしていた。

どうやら機嫌を損ねたようだ。

まったく、子供って奴は訳が分からない。


それから、私は何日もルフィオの姿を見かけなかった。

隣に住んではいるのだが、彼が学校に出かける時間にはまだ私は寝ているし、夕方にベランダに出て彼が帰って来る姿を捜したりもしたけれど、ルフィオの姿を見つけることはできなかった。

見かけたら、話しかけてみようと思っていたわけではない。ただ何となく、気持ちがすっきりしないのだ。

まともに口をきいたのははじめてだったのに、あの日唐突に親しくなったような気がした。なのに、ルフィオはこれまた唐突に機嫌を損ねて帰ってしまった。私は宙ぶらりんな気持ちを抱えて、何やら落ちつかないのだ。

しかし、毎日はただ単調に過ぎていく。空は見上げる度に高くなり、風から湿気が抜けてくる。ベランダから見える、グリーンヒルズの公園の色が少しずつ変わっていった。

苦手な暑さがなくなったせいもあると思うが、家に猫が来てからというもの、私は比較的よく眠れるようになってきていた。猫が寝ている姿を見ていると、不思議と眠気が移ってくるのだ。

猫というのは、本当によく眠る。ソファの上で毛繕いをしていたかと思うと、もう寝ている。いったい一日何時間ぐらい眠るんだろうと思って、暇な私は徹夜して睡眠時間を計ってみた。すると、うとうとしている時間を合わせると、猫の奴は約十八時間は眠っていた。

猫の睡眠時間を計るためだけに徹夜した私は、その日ソファですかすかと昼寝をしていた。

夢の中で電話が鳴っている。私はそれが夢ではないことに気がつき、いっしょに寝ていた猫を撥《は》ね飛ばして起き上がった。

「よお、俺」

電話は夫だった。まさか、この前のように今から帰って来るなんて言うのではないだろうなと、どきりとした。

「急なんだけど、明後日《あさって》からマダガスカルに出張なんだよ」

「マダガスカル？」

「十日間ぐらいで戻るから。ええと、連絡先は……」

私は夫が言うホテルの名前と電話番号を、ぼけた頭でとりあえずメモに書きつけた。公衆電話らしく、後ろに雑踏のざわめきが聞こえる。

「じゃ、そういうわけで。お土産何がいい？」

だいたいマダガスカルってどこだっけと私は思った。いったいそこでは何を売っているのだろう。

「何でもいい。それより猫の名前と歳は？」

「あ、忘れてた」

「勝手に名前つけちゃったよ」

「いいんじゃない。なんていうの？」

「タビ」

「ナイス、ネーミング」

私は返す言葉もなく、黙って受話器を耳に当てていた。

「じゃ、そういうことで」

いつものように夫はそう言った。私も「じゃ、そーゆーことで」とオウムのように言って電話を切った。

私は壁に貼ったカレンダーを見上げ、今日で九月が終わることに気がついた。とうとう夫は、今月一度しか家に帰って来なかった。猫を連れて帰って来たあの時だ。

夫の仕事は、ＣＭディレクターである。

三年前に所属していた広告代理店から独立して自分の事務所を持った。それまでも、仕事が忙しくあまり家に帰って来ない人ではあったけれど、自分の事務所を構えそこに寝泊まりできるようになったら、ますます家に寄りつかなくなった。スーツケースもパスポートも仕事場に置いてあるので、出張もそこから直接出かけるのだ。

別居といえば、いえるのかもしれない。けれど夫は、一応ここが自分の家であるという感覚は持っているらしく、仕事がそれほど詰まっていない時は週に何度か帰って来ることもあるのだ。

私と夫は仕事を通して知り合ったので、彼の仕事がどういうものであるか分かっていた。こんなにも家をあけるということは、もしかしたら浮気をしているのかもしれない、とも思う。けれどきっと、仕事が忙しいのは本当のことなのだ。

というのは、夫が作ったCMがばんばんテレビで流れているからだ。ちょっと目を引くCM、よくできた四コマ漫画のように楽しく笑えるCMを。もしかしたらと思って聞くと、夫の事務所が制作したものであることが多い。

海外出張も多い。それも、今回のようにそれどこ？　と聞き返してしまうような場所だ。せめてオーストラリアやカナダで撮れるようなフィルムを作ればいいのに、わざと変な場所へ好んで行っているようにしか思えない。

結婚したばかりの頃は、いつもひとりでぽつんと部屋に取り残されることが淋《さび》しかった。

へろへろに疲れて家に帰って来て、たった三時間だけ寝てまた仕事に出て行く夫のからだを本気で心配もした。

いや、今だって淋しいし夫のからだは心配なのだが、慣れというのは恐ろしい。どんなに淋しいこともつらいことも、何度も繰り返されると人は慣れる。書いているうちに減っていく鉛筆の芯《しん》のように、尖《とが》っていた感情が丸く鈍感になっていくのだ。

夫からの電話を切った後、もう一度寝なおそうかと大きな欠伸《あくび》をした時、玄関のチャイムが鳴らされた。

私は玄関を振り向く。夫でないのは確実だ。では誰だろう。ルフィオかもしれない。そう思って私はぱたぱたと玄関に走り、扉を開けた。そのとたん、しまったと思った。

ドアの前には、私の家の真下に住んでいる柳田さんが立っていた。手には半透明のタッパーウェアを持っていた。

「……今、いいかしら。何してらした?」

「あ、あの電話中で」

「まあ、ごめんなさい。じゃあ待ってるわ」

柳田さんは申し訳なさそうな顔をしてそう言った。私はその人の良さそうな顔を見て、うんざりと息を吐いた。

電話中と言ってしまったものだから、馬鹿馬鹿しいとは思いつつも、部屋の中に取って返して電話を切る振りをした。いやいや戻ると、柳田さんは玄関の中にちゃっかり入りこんでドアを閉めていた。

「あのこれ、また作りすぎちゃって、おすそ分けなの」

「……いつも、どうもすみません」

「いいえ。うちは主人と二人だから、沢山作っても余っちゃうのよね。手塚さんのところもそうじゃない？」

「ええ、そうですね」

私は差し出されたタッパーを仕方なく受け取った。中身はひじきの煮物のようだ。これで柳田さんの作るおかずがおいしければ、少しは許してやろうかという気にもなるのだが、これがまたお世辞にも料理上手とは言えない味なのだ。

「入れ物、洗ってお返ししますから。すぐだから、ちょっと待ってて下さい」

「え？　いいのよ。そんなのいつでも」

私は彼女の言うことを無視して、台所へ急ぐ。おすそ分けをタッパーに入れて持って来るのは柳田さんの手口なのだ。借りたタッパーを後日返しに行くと、強引に彼女の家に引きずりこまれる。そして三時間も四時間も帰してくれないのだ。

急いで中身を別の容器に移してタッパーを洗う。ふきんで拭《ふ》いて踵《きびす》を返したとたん、廊下から柳田さんがおずおずと顔を出しているのが見えた。

勝手に人の家に入って来るなよな、という台詞《せりふ》を私は飲み込んだ。彼女が「あら、猫ちゃん」と言ってタビの頭を撫《な》でていたのだ。私は全身の力ががっくり抜けるのを感じた。

「お茶でもどうですか」

私は力なくそう言った。彼女は顔をぱあっと輝かせる。

「あら、でも悪いわ」

「どうせ暇ですから」

「嬉《うれ》しいわ。私も暇で仕方なかったの」

柳田さんは楽しそうに言って、キッチンテーブルの前に腰を下ろした。私はしぶしぶ紅茶を淹《い》れる。

柳田さんは、私と同じ子供のいない専業主婦だ。夫の仕事が忙しく一人で家にいる時間が長いという点も同じで、私はここに越して来た時、一番最初に彼女と親しくなった。引っ越しの挨拶《あいさつ》に、真下の彼女の家を訪ねた日（左右だけではなく音が響く真下の部屋にも挨拶に行けと母親に言われたのだ）強く誘われてしまって彼女の家に上がり、一時間ばかりお茶を飲んだ。その時はまあまあ楽しかったので、これからも仲良くして下さいねと言ってしまったのがいけなかった。

確かに私は仲良くして下さいと言った。けれど、すごく仲良くなりたいわけではなかったのだ。ばったり廊下で会った時に世間話をするぐらいの仲に私は留《とど》めておきたかった。

けれど柳田さんの方はそうでなかったらしく、また遊びに来いと何度も誘ってきたり、こうやって人の家に何気なくやって来てなかなか帰ろうとしないのだ。

いくら私が暇でも、大して好きでない人間に毎日のように付きまとわれるのは耐えられない。それで私は彼女が来る度に、今具合が悪いからとか、今てんぷら揚げてるからとか、今金縛りにあってるからとか、明らかに嘘と分かる言い訳をして彼女を追い返していたのだ。

それで彼女の訪問は、一週間に一度になり、一ヵ月に一度になり、半年に一度になって、やっと途切れたと思っていたところだったのだ。もう来ないと思っていたのに、彼女の考えていることが私には分からなかった。

「いつから、猫ちゃん飼ってるの？」

柳田さんの声は、十代の女の子のように可愛らしい。その無邪気な声で「猫ちゃん」なんて言うと、可愛らしいのを通り越して少し不気味でもある。

「つい最近です」

私はなるべく他人行儀に聞こえるように、敬語を使った。

「可愛いわねえ。やっぱり生き物がいると淋しくない？　私も何か飼おうかしら。でも猫は駄目だわ。うちの主人猫アレルギーなのよ。何がいいと思う？」

「そうですね、イグアナなんかどうでしょう」

「やあだ、手塚さんって面白い」

ころころと柳田さんは笑う。私はものすごく疲れた気持ちで彼女の前に紅茶茶碗《ぢゃわん》を置いた。

彼女は、パステルイエローの長袖《ながそで》のTシャツと小花模様のついたプリントのギャザースカートを穿《は》いている。足元は素足に三足千円で買ったのであろう、妙にビビッドな模様の靴下を穿いていた。髪はセミロングのストレートで、頭の後ろにチューリップ模様のバレッタを留めている。

認めたくはないが、彼女と私は共通点が多すぎる。境遇だけでなく、着ているものも雰囲気も、きっと私達はとても似ているのだと思う。近所の奥さん達に、姉妹みたいねと言われたこともある。彼女が私に親近感を持ってしまうのも仕方がないかもしれない。

「手塚さんって、毎日何してるの?」

紅茶のカップに口をつけて、彼女がそう聞いてきた。

「何って、まあ色々……」

「色々って?」

パチンコに行ったり、ファミコンをしたり、テレビやビデオを見たり、猫と遊んだり、昼寝をしたり、そうだ、この前は隣の家の中坊を補導員から救ってスパゲティーを食べさせてやった。けれど、私はひとつも口には出さなかった。

「私、パートにでも出ようかしら」

そうしろそうしろと、私は心の中で思った。

「手塚さんちのお隣の佐藤さん、最近生命保険のセールスレディーやってるらしいわね」

「あ、そうなんですか」

「エレベーターで会って挨拶したら、パンフレット渡されちゃった。ああいうのって、ノルマとか大変なんでしょうね。佐藤さんってお子さんもいるのにすごいわ。私にはできないわ」

柳田さんは大きな溜《た》め息をつく。

「私、結婚したら自然と赤ちゃんってできるものだと思ってたのに」

いつもの話題に突入したなと思いながら、私はお茶請けに出したお煎餅《せんべい》をつまんで齧《かじ》った。

「もう七年もたつのに、どうしてできないのかしら」

私は黙っている。柳田さんは、さっきから私が何も言わないことを不自然だとは思っていないようだ。

「主人の親は、検査に行きなさいって言うんだけどね」

「行ったらいいのに？」

私はしばらく考えてからそう言った。

「でももし検査して、あなた達には赤ちゃんはできませんって言われたらショックだもの」

そこで私の足にふにゃりと生温かい感触がした。タビが私の足に額を押しつけて甘えていた。私は猫を膝《ひざ》の上に抱き抱える。みゃあとおもちゃのような鳴き声を出した。それを見て柳田さんが微笑む。

「手塚さんは、赤ちゃんつくらないの？」

「何となくできなくって。どうしても欲しいってわけじゃないし」

まあそう、と柳田さんは呟《つぶや》いた。その顔は心なしか嬉しそうだ。私は内心舌打ちする。余計親近感を抱かれるようなことを言ってしまった。

「子供がいないと、何となく近所の人とも打ち解けられないと思わない？」

「そんなことないですよ」

私はきっぱり否定した。彼女は少し悲しそうな顔をする。

「手塚さんは明るいから誰とでも親しくなれるかもしれないけど、私って人付き合いが下手だから」

確かに。私は危うく頷《うなず》きそうになる。

「先週、主人が一週間出張だったのね。そしたら私、一週間誰とも口をきかなかったの。ほら、スーパーって話さなくても物が買えるじゃない。何だか淋《さび》しいわ。子供でもいれば気が紛れると思うんだけど」

　これ以上愚痴ったら、有無を言わさず追い返してやると思ったところで、彼女は静かに立ち上がった。

「お邪魔しちゃって、ごめんなさいね」

「……あ、いえ」

　彼女はそう言ってのろのろと玄関に向かう。キッチンのテーブルの上にちゃんとタッパーを忘れていくあたりがさすがだった。

「忘れ物ですよ」

　私は玄関でサンダルを履く彼女に、タッパーを差し出した。

「あら、ごめんなさい」

　弱々しく笑って、彼女はそれを受け取った。そして、廊下の奥からこちらの様子を窺《うかが》っている猫に、彼女は小さく手を振った。

「手塚さん」

「はい？」

「猫飼ってること、私は誰にも言わないから」

　にっこり笑って柳田さんは言った。目を見張った私の前で、静かに鉄の扉が閉められた。

　私にはそれは、脅迫に聞こえた。

月曜日、私は久しぶりに早起きをした。

溜まりに溜まったゴミを出すためだ。マンションには月水金とゴミの収集があるのだが、収集車が来るのが朝の八時前で、かといって前の日の夜にゴミを出そうものなら、マンションの奥さん達と管理人に吊《つ》るし上げを食うのは目に見えていた。

そんな事情から、私はしょっちゅうゴミを出しそびれていた。さすがにポリ袋が四つも溜まると、主婦失格の烙印《らくいん》を押された気がして、その月曜日は死んでもゴミを出そうと思ったのだ。第一そろそろ夫がマダガスカルから帰って来る頃だ。四つも溜まって臭っているゴミ袋など見られたら困る。

早起きしなければならないと思うと、その前の日は緊張して眠れなかった。三時間ほどしか寝ていない私は、くらくら揺れる頭でゴミ袋を両手にふたつずつ持って部屋を出た。

ふらふらとエレベーターまで歩いて行くと、紺の制服姿の男の子がいた。ルフィオだ。

「おはよう」

何となく気まずかったが、私は声をかけてみた。ルフィオは私の顔を見ると、顔をかすかにしかめた。声に出さず、口だけ「おはようございます」の形に動かした。

「子供は大変だね。こんな朝っぱらから学校行かないとならなくて」

寝不足で私も不機嫌だったので、ぶっきらぼうにそう言ってやった。ルフィオは私の顔を見ると、何も言わずに片手のゴミ袋を私から奪った。

「あ、ありがとう」

返事はない。彼は子供特有の仏頂面のまま、じっとエレベーターのランプを睨《にら》んでいる。やって来たエレベーターに乗ると、私とルフィオは壁に背中を向けて並んで立った。

「最近はさぼらずに学校行ってんの？」

「……ぼちぼち」

小さな声で、ルフィオはそう言った。この前はあんなになついてきたくせに、今日は完《かん》壁《ぺき》にバリアを張っていた。私は面倒臭くなって黙り込む。

一階でエレベーターを下りると、私はルフィオからゴミ袋を受け取ろうと手を出した。ゴミ置場はマンションの裏手にあるのだ。

「ここまででいいよ。ありがとう」

「……裏まで行くよ」

「いいってば。遅刻するよ」

私は彼からポリ袋をひったくる。ますます不機嫌顔になった彼に、私は溜め息をついた。

「また、さぼりたくなったらファミコンしにおいで」

背中を向けて歩きだした彼に、私はそう言った。ルフィオは一瞬立ち止まる。振り返るかと思ったが、彼はちらりとも私を見なかった。

そしてその一時間後、玄関のドアがノックされた。私は溜まったゴミを出すというその日のノルマを終え、すっかり充実してもう一度寝ていたので、最初のノックは夢の中でおぼろげに聞いていた。

二度目はチャイムが鳴らされた。私はしぶしぶ起き上がった。誰だよ、と思ってドアアイを覗《のぞ》くと、制服姿のルフィオが立っていた。私は慌てて鍵《かぎ》を開けた。ルフィオはおたおたした感じでドアの中に滑りこんでくる。

「すぐ出てよ。うちの母ちゃんに見つかったらどうすんだよ」

「何を不倫に来た親父のようなことを言ってんのよ」

私はしばつく目をこする。彼は私を見ると、何故かふいと横を向いた。

「病気?」

「え?」

「なんでパジャマなんだよ。寝てたの?」

「あ」

私は自分の姿を見下ろした。パジャマのボタンが上からふたつ目まで開いていた。

「またおいでとは言ったけど、何も一時間後に来なくてもいいでしょうが」

急いで胸元のボタンを留めながら私は言う。ルフィオはこちらを見ずにスニーカーを脱ぎ捨てた。

「フック、借りてきた。見てもいい？」

彼はそう言いながら、ずかずかとリビングに入って行く。タビを見つけて「おー、元気い？」と楽しそうに声をかけた。

私は「着替える」と言い残して、寝室に入り鍵をかけた。いつものシャツにスカートを穿《は》くと、そろそろとリビングを覗く。

すると、ルフィオが制服の上着を脱いでいるところだった。そしてベルトを外し、ズボンも脱ごうとしていたので私は思わず「わっ！」と声を上げてしまった。

片足ズボンを脱いだルフィオは、こちらを振り向いた。

「エッチ」

と彼は言った。私は絶句する。

「この前さあ、制服にタビの毛が沢山ついてて、母ちゃんに色々聞かれて大変だったんだよ。その辺にいた犬と遊んだとか言っても信じてくんなくてさあ」

ルフィオのパンツは真っ白いブリーフだった。ああ、君は子供なのねと私はしみじみ思う。動揺している私を気にする様子もなく、ルフィオは持っていたスポーツバッグから学校のものらしいジャージを取り出し、さっさとそれを穿いた。

「それで、ジャージが毛だらけになった理由はどう説明すんのよ」

私の指摘に、彼は「あ」という顔をした。まったく子供って奴は浅はかだ。

「うちの旦那《だんな》の洋服、貸してやるよ」

私は寝室に戻って、古くなって夫がもう着なくなったジーンズとTシャツを出してきた。ルフィオはそれを受け取ると、ジャージを脱いでジーンズに穿き替える。私は彼のグンゼパンツから目をそらしてキッチンへお茶を淹《い》れに行った。

「うわ、おばさんの旦那さんって足が長い」

彼は余ったジーンズの裾《すそ》を折り返していた。でも、よく見ると大して余っていない。身長差は十センチ以上はあるだろうから、ルフィオの方が足が長いのだろう。

「ウエストもゆるゆるだよ」

「うちの旦那はもう中年だからね」

私はコーヒーを淹れて、リビングに持って行く。ルフィオは借りてきたビデオを勝手にデッキに入れているところだった。

「お砂糖とミルクいる?」

「あ、俺、ブラックでいい」

「生意気だねえ」

「母ちゃんもそう言うよ」

私はソファに座り、ルフィオは絨毯《じゅうたん》の上に腰を下ろしてソファに寄り掛かった。私の目の前に彼の頭がある。形のいいつむじを私は眺めた。ビデオの最初のクレジットが流れだすと、彼がふいに振り向く。

「おばさんは寝てていいよ。眠いんだろ」

「いいよ別に」

寝てていいよと言われても、ああそうですかと言うわけにもいかないじゃないか。私とルフィオは、コーヒーを啜《すす》りながら映画を見はじめた。

コーヒー豆の匂いと、朝の日差しが部屋に満ちている。なんで私は、朝の九時から隣家の中学生とビデオを見てるのかしらと思っているうちに、やはり眠気が襲ってきた。私はソファに寝そべり、クッションに頬を当てた。タビがのっそりやって来て、胡座《あぐら》をかいたルフィオの足の間で丸くなるのが見えた。

しばらくは起きていたのだが、次第に目が開けていられなくなって、私は瞼《まぶた》を閉じた。ロビン・ウィリアムズが何か言う。ルフィオが大笑いをする。何だかなあ、と思っているうちに意識が薄れていった。

ふっと目が覚めると、ルフィオがテレビに向かってファミコンをしていた。

「ビデオ、終わったの？」

彼は首だけで頷《うなず》く。顔は画面に向けられたままだ。私はうーんと伸びをする。時計を見るとお昼になるところだった。

「フック、どうだった？」

欠伸《あくび》まじりに聞くと、ルフィオは曖昧《あいまい》に唸《うな》った。

「面白かった？」

「普通。ルフィオって奴、別に似てないじゃん」

げらげら笑って見ていたくせに何で不機嫌なんだよと私は思った。そして、彼の尖《とが》った唇とほんの少しだけ赤くなった目尻《めじり》を見て、ああ泣いたんだなと気がついた。

「おなか空いたね。何か作ろうか」

私は急に優しい気持ちになって、ルフィオにそう聞いた。彼は返事をする代わりに、コントローラーを置いて私の方にからだごと向いた。

「ねえ、おばさん。いっしょに出かけてくんない？」

「え？」

「俺、欲しいソフトがあるんだ。ビデオも返さなきゃならないし。でも一人で出て、この前みたいにババアに補導されたら面倒だし」

私はそれについて、ちょっと考えた。この子といっしょに歩いているところを、マンションの人に見られたらどう思われるだろう。最悪なのは、ルフィオの母親に見つかった時だ。いったいどう言い訳をしたらいいのだろうか。

「この辺じゃやばいからさ。桜沢まで出ようよ」

私が黙っていると、彼は上目遣いでそう言った。桜沢というのは、みどりヶ丘駅から私鉄に乗って二十分ほどの所にある。ちょうどここから都心までの中間地点で、みどりヶ丘よりやや小さい街だ。確かにそこまで行けばご近所の人にも会わないだろう。桜沢にあるようなものはみどりヶ丘にもあるし、それ以上のものを求める時は、このあたりの人は皆都心まで出るからだ。

「……そうね。たまには出かけようかな」

「決まり。行こう行こう」

決めたとたんに、ルフィオは立ち上がる。私は彼に夫のジャケットと野球帽を貸してあげた。それでちょっと見た感じでは、中学一年生とは分からなかった。

さすがにいっしょに出るのは危険なので、バスを一本ずらし、みどりヶ丘で私達は待ち合わせをすることにした。

ルフィオが先に出て、駅裏の本屋で待っていることにした。私は後から出て、みどりヶ丘駅のそばにあるレンタルビデオ屋にビデオを返してから本屋に向かった。

なのに、その小さな本屋にルフィオの姿はなかった。確か〝駅の裏にある寂れた方の本屋〟という約束だった。店の中には雑誌を買っていた子供連れの主婦と、一番奥の棚でマドンナ文庫を立ち読みしていたハゲのおじさんしかいなかった。

駅前にある大きい方の本屋にいるのかなと思いながら一旦《いったん》外に出ると、通りの向こうからルフィオが手招きしていた。

「何よ、どうしたの？」

むっとしてそう言うと、ルフィオは私の手を摑《つか》んで早足で歩きだした。

「やべえよ」

「何がやばいのよ」

「本屋に父ちゃんがいた」

「うそ」

私は立ち止まる。

「あのハゲてて背が低くて太ったおじさん？」

「そう。あのチビでデブでハゲ」

私はぽかんと口を開けた。

「こんな時間に何やってんの？ 休みなの？ あれ、でもスーツ着てたよ」

「俺に聞くなよ。知らないよ」

ふうん。あれがルフィオのお父さんか。もっとよく見ておくんだったと私は思った。駅でキップを買いながら、私はルフィオに言った。

「ダニー・デビートに似てたね」

「誰それ？」

「えっと、ツインズ見てない？　ツインズの小さい方だよ」

「おばさんって、ずいぶん映画見てるなあ」

「ビデオだけどね」

「じゃあ、今度はそれ借りて見よう」

ルフィオは無邪気にもそう言った。私は思わず彼の顔を見た。

何だか急に恐くなった。

彼はまた、うちに来る気なのだ。ファミコンの新しいソフトを買ったら、もちろんそれをうちでやる気なのだ。

これ以上親しくなるのは、何だか恐かった。どうして恐いのかは考えたくなかった。考えてしまうことも恐かった。


実をいうと、私は電車に乗るのがものすごく久しぶりだった。いったいこの前電車に乗ったのはいつだっただろうと考えてみたが、どうしても思いつかなかった。軽く二年はたっていると思う。みどりヶ丘の駅まで出れば、デパートも映画館もあるので、電車に乗らなくても何でも間に合ってしまうからだ。

久しぶりに乗る電車は、平日の昼間だというのに結構混んでいた。皆、何をしている人なんだろうと私は素朴に首を傾げた。

桜沢では、ルフィオが食べたいと言うので、駅ビルのレストラン街でカレーライスを食べた。新しいファミコンソフトは一万円以上したので、結局私が買ってあげることにした。せっかく出て来たんだから映画でも見ようとルフィオが言いだして、私達は一本ロードショーの映画を見た。映画館で映画を見るのも、眩暈《めまい》がするほど久しぶりだった。よく考えてみると、最後に映画館に入ったのは結婚する前だった。

時間が合うというだけであまり深く考えずに見た「ピアノ・レッスン」はR指定の映画で次から次へとセックスシーンがあり、私は死ぬほど汗をかいた。しかし当のルフィオはけろっとしていて、映画館を出ると喫茶店に入ろうと明るく言った。

ルフィオは知ってる所があると言って、裏通りにあるカフェに私を連れて行った。

その白くて明るくてそこら中に花が飾ってある店で向かい合うと、どうして中学一年生の男の子がこんな少女趣味な店を知っているのか私は訊《たず》ねた。

「もう少し先に、去年まで行ってた塾があんの。そこの先生がたまに連れて来てくれたんだよ。アップルチーズケーキっていうのがすごくおいしいんだ。食べようよ」

はいはい、と私は頷いた。子供なんだか大人なんだか分かりゃしない。

「塾って、進学塾?」

「そう。私立中学の受験専門の塾でさ。少人数制だったから、たまに先生がご飯食べさせてくれたりしたんだ」

「ルフィオってどこの中学行っているの？」

彼は有名な私立中学の名前を言った。中高一貫教育で、東大の合格率がえらく高い学校だ。

「君はエリートだったんだ」

東大一直線君が勧めてくれたアップルチーズケーキを食べながら私は言った。彼は簡単に「うん」と頷く。

「エリート君がこんなしょっちゅう学校さぼっててていいの？」

「いくないんだけど」

彼はふうとわざとらしく溜《た》め息をつく。

「落第するほどさぼる気ないよ。成績が上から三分の一にいれば、適当にしてても何も言われないし」

「燃え尽きたわけか」

「何が？」

「お受験に成功したら、目標がなくなっちゃったんでしょ」

ルフィオは私の台詞《せりふ》に嫌な顔をした。そしてしばらく黙ってケーキを食べていた。BGMにビバルディがかかっている。

「いつも、そういう恰好《かっこう》してればいいのに」

テーブルに左肘《ひじ》をつき、ケーキに目を落としたまま彼は唐突に言った。

「どうしていつも、おばさんみたいな恰好してんの」

にやりと笑って彼は上目遣いに私を見た。厭味《いやみ》を言われたお返しらしい。私は平気な顔をして紅茶のカップに口をつけた。

急に出かけることになったので、あまり考えている暇がなく、私は独身の時によく着ていたワンピースを着て来たのだ。中一の男の子に指摘されたことが悔しくて、私は返事をしなかった。

「おばさんって、子供いないの？」

私があまり黙っていたので、ルフィオは居心地が悪くなったらしくそう聞いてきた。

「猫しかいなかったでしょ」

嫌いな質問をされて、私はさらにむっとする。けれどルフィオは気にした様子もなく肩をすくめた。

「燃え尽きたっておばさんは言うけどさあ、俺、実はすっごくほっとしてんの」

ルフィオは持っていたフォークを放り出す。

「うちの母ちゃんがさ、中学に入る前は俺にべったりで、勉強してると後ろに立って監視してるんだぜ。気が散るからあっち行ってよって言っても、そんなことで気を散らすようじゃ受験に失敗しますよって、目えつり上げちゃってさあ」

私に子供がいるかと聞いたのは、自分の家族の話がしたかったからで、何も私に子供がいないことを不思議に思ったわけではなかったのだ。私は自意識過剰気味の自分を恥ずかしく思った。

「受験が終わったら、今度は母ちゃん、妹に夢中なんだ」

なるほど、突然解放されて戸惑っているのか。

「この前テレフォンカード貰《もら》ったよ。すごいじゃない、テレビに出ちゃって」

「興味ない」

ルフィオは本当に興味がなさそうに言った。

「妹が嫌いなの？」

「嫌いじゃないよ。興味ないだけ。あっちだって俺になんか興味ないし」

「そんなもんかねえ」

「ババくせえ言い方」

ルフィオはそう言って笑った。笑うと感じがすごく変わる。

「じゃあさ、もしかしてお父さんにも興味がないわけ？」

変な物でも見るような目で、彼は私を見た。

「あるわけないじゃん」

「そうでしょうねえ」

ルフィオはレモンの入った水をぐっと飲み干すと、それをテーブルの上に音をたてて置いた。

「映画なんかみんな嘘だよ。あんなの、現実にあるわけない」

私は何のことだか咄嗟《とっさ》には分からなかった。そして、今見てきたR指定の映画ではなく、朝ビデオで見たフックのことを言っているのだと、ちょっと考えてから気がついた。

「子供のくせに、夢のないこと言うね」

「コドモコドモって言うなよ」

ルフィオは反抗的な目で私を見返す。

「今度コドモって言ったら、俺本気で怒るからな」

「分かったよ。私が悪かった」

子供相手に喧嘩《けんか》しても仕方ない。私は折れてやることにした。

「汐美ちゃん」

突然からかうような口調で、彼が私の名前を呼んだ。私は自分でもどうしてと思うぐらい動揺し、意志に反して顔が赤くなっていくのを感じた。

「な、何よ」

「表札に書いてあった。そういう名前なんでしょ」

けろりと笑ってルフィオは言った。私は何も言えずに自分の水を飲む。指先まで真っ赤で震えているのが自分でも情けなかった。

その夜、私は眠れなかった。

久しぶりに電車に乗って違う街に出たので、家に帰って来たらどっと疲れが噴き出した。これは今晩よく眠れるに違いないと、ほくほくしてお風呂《ふろ》に入った。そして洗ったばかりのパジャマを着てベッドに入ったのだが、二時間たっても三時間たっても、眠りはやって来なかった。

ダブルベッドの上で何度も何度も寝返りをうち、斜めに寝たり逆さに寝たりしてみたけれど駄目だった。私は暗い寝室の中で、諦《あきら》めてむっくり起き上がった。ベッドの端では、タビが丸くなって眠っている。

私はレースのカーテンが掛かった窓に顔を向けた。遠くにみどりヶ丘の街の灯《あかり》が見える。世の中にはきっと、まだ起きている人間も沢山いるのだろうと私は思った。

私の寝つきの悪さは子供の頃からだった。明日の朝もちゃんと起きなければならないと思うと、ますます眠れないのだ。だから私はいつも寝不足だった。

結婚をして専業主婦になり、私は毎日何時間でも眠ってもいい生活を手に入れた。それは夢のようだった。これで私は睡眠不足から解放されるのだと思っていた。

けれど、それも最初のうちだけだった。いくら午前中だろうが午後だろうがいつでも眠っていいといっても、とりあえず私は主婦なのだ。たまには夫も帰って来るし、洗濯も買い物も夜中ではできない。それに、朝寝と昼寝というのは、普段ちゃんと起きている人がたまにするのが楽しいのだ。明け方まで眠れなくて、やっと朝の七時に意識が遠のいて目が覚めたら夕方の四時だったなんていう生活は、身も心もすさんでしまう。

狂った体内時計に罪悪感を持つからいけないのだと思ったこともあった。眠れないのなら眠らなければいい。眠たくなったら眠ればいい。勤めているわけではないし、子供もいないし、人と会う約束なんてひとつもないのだ。勝手気儘《きまま》に寝起きをすればいいと開き直ろうとしたこともあった。

けれど、どうしてだか駄目だった。私は、夜は眠りたかった。朝になったら「あーよく寝た」と言って起きたかった。では家でごろごろしていないで、働きにでも行けば疲れて夜眠れるかなとも思ったが、考えてみれば独身の頃の私は、寝不足ながらも無理矢理朝起きて仕事に行っていたのだ。それでも夜が来ると私は眠れなかったではないか。

猫が家に来て、それが少し解消されたように感じていた。猫がいっしょだと、いつもはベッドに入ってから四時間ほどかかる眠りの入口に、二時間ほどでたどり着けるようになっていた。

けれど、今夜は駄目だった。からだは疲れているのに、眠りはやって来ない。きっと、今まで何度も経験してきたように、東の空が白くなるまで私はここから動けないのだろう。諦めて起きだしファミコンでもすればいいのに、そんな気力はどこにもなかった。もちろん本など開く気にもなれない。ただ私は夜の中で目を開けて横たわっているだけだ。

ルフィオは眠っているだろうか。

壁を隔てた隣の家で、ルフィオはどんな布団で眠っているのだろう。どんな夢を見るのだろう。

ルフィオ、と私は呟《つぶや》いた。

翌朝、私はまたチャイムの音で目が覚めた。うとうとしはじめたのはすっかり朝になってからだったので、私は完全に眠りの中だった。

チャイムは三回も四回も続けて鳴らされた。私は仕方なく起き上がる。ドアを開けると、制服姿の宅配便のおじさんがいた。

「あ、いらっしゃいましたか。お隣に持って行こうかと思っちゃいましたよ」

明るく言われて、私は寝ぼけ眼で判子を渡した。まいど、と言って宅配便のおじさんは帰って行く。私の足元に、大きめのダンボール箱が残された。

差出人は夫だった。

中身の見当はついていたけれど、私はそれをだらだらと開けてみた。

思った通り、夫の夏物の洋服が詰まっていた。この前秋物を持って行ったので、事務所のクローゼットから溢《あふ》れたのだろう。

そして洋服の一番上に、免税店の袋に入ったローラ・アシュレイのオードトワレが入っていた。

海外に仕事で出かけると、夫はいつもこの香水を私に買って来た。私はそれを寝室のドレッサーに持って行く。引き出しの中には、既に十個、同じ香水が入っていた。私はこの香水をつけたことが一度もない。

ふと見ると、ベッドの上ではまだタビがすかすかと眠っていた。

「……本当にあんたってよく寝るね」

私はそう呟いてベッドによじ登った。毛布を被《かぶ》り、猫の隣で丸くなる。

眠かった。眠いというのは、なんて幸せなことなのだろう。

私はまどろみながらそう思った。

第二章　おとことねむる

「おばさん。猫、見せて」

その子は、私の顔を見上げてそう言った。

「ママに聞いたの。猫ちゃん、いるんでしょう」

さくらんぼ色の唇が、にっこりと弓の形を作った。テレビで見ると普通程度に可愛い少女という感じだが、実物はびっくりするほど可憐《かれん》だ。

私は狼狽《ろうばい》した。箕輪さんの娘は、絶句している私を子鹿のような黒い瞳《ひとみ》で不思議そうに眺めている。彼女の足元には、ルフィオのスニーカーがあった。

「……今、いないの」

焦りでぐるぐる頭が回ったが、私は何とか言い訳を絞り出す。

「どうして?」

「ふ、不妊手術を受けるんで入院してるの」

「フニンシュジュツって何?」

素朴に聞かれて、私は再び絶句する。

「赤ちゃんがね、あの、できないように手術するのよ」

私の言ったことに、彼女はしばし考える顔をした。あまり長いこと黙ってそこに立っているので、私は沈黙に耐えられなくなって口を開く。

「今日、学校は？」

「撮影だから、お休みしたの」

当たり前だとばかりに、彼女は言い放った。

「そう。大変ね」

「うん。でも学校行くより楽しいもん。今日撮るのはね、特番の二時間ドラマなの。おばさんも見てね」

「すごいわね。絶対見るわ」

それで機嫌が直ったらしく、その子はくるりと背中を向けて自分の家に帰って行った。

私は急いで扉を閉めドアチェーンを掛ける。リビングに戻ると、ルフィオがソファの上で膝《ひざ》を抱えて食い入るようにビデオを見ていた。

「あんたの妹だったよ」

私がそう言うと、彼はやっとこちらを見る。

「樹里《じゅり》？」

「焦ったあ。猫見せてだって。あんたのお母さん、うちに猫がいること言いふらしてんじゃないの。玄関にあんたのスニーカーはあるしさあ。あの子、もしかして気がついたかな」

胸の鼓動が収まらず、私は一気にそう言った。

「気がつきゃしないよ」

ルフィオはぶっきらぼうに返事をした。視線はもうビデオに戻っている。そんなことより、彼には「ツイン・ピークス」の続きの方が大事なのだ。

ルフィオがはじめて私の家に来たのは、夏の終わりだった。窓の外がすっかり秋になった今、彼は当たり前の顔をして私の家のソファで寝そべるようになった。当たり前の顔をして私の隣に座り、私の作るご飯を食べ、首なんかをぽきぽき鳴らしてくつろいでいる。まるで猫と同じだ。

ルフィオがやって来るのは、学校が退《ひ》けた後が多い。午後の四時頃にやって来て、本当は行かなくてはならない塾の時間が終わる頃、隣にある自分の家へ帰って行く。

私達が二人で外出したのは、桜沢に行った時の一度きりだ。あれからルフィオも出かけようとは言わないし、私も人目を気にして歩くよりも部屋の中の方が安心できる。

彼は来る日もあれば来ない日もあるし、今日のように学校ごとさぼって朝からやって来る時もある。けれど週末は夫が帰って来ることもあるので、来ないでくれと頼んである。ルフィオはそれを聞いて露骨にむっとした顔をした。いったい人を何だと思ってるんだろうか。お前は私の愛人かよ、とちょっと私もむっとした。

ルフィオはここのところツイン・ピークスに凝っていて、私が以前衛星放送で録画したビデオを毎日せっせと見ている。私は一度見ているので、テレビの画面より彼の横顔を眺めている方が多い。

「犯人教えてやろうか」

あんまり真剣に見ているので、私はからかうように言った。

「言ったらコロすぞ」

本気で怒る、小学生のような横顔。彼の傍らにはタビがすかすかと昼寝をしている。彼は時々手を伸ばして猫の頭をそっと撫《な》でる。爪を噛《か》んだり、欠伸《あくび》をしたり、背中をぼりぼり掻《か》いたりする。そんな彼を私は黙って眺めている。

夫のジーンズから出たルフィオの大きな素足。平らで薄い胸。長い指。短く刈った襟足と額にかかる前髪。その下の細い両目とやや厚い唇。

何でこんなものが家の中にいるんだっけ。いつ飼いはじめたんだっけ。私はとろんと考える。いてもいいけど別に。どうせ私は暇なんだし。

「あー、腹減った」

ビデオが終わったとたん、ルフィオは伸びをしながら言った。

「何か食おうよ」

「食えば？」

私は絨毯《じゆうたん》の上にだらっと寝そべったままだ。

「作ってくんないの」

「私まだ、おなか空《す》いてないもん」

ルフィオは唇を尖《とが》らせたまま立ち上がり、すたすたと歩いて行って冷蔵庫を開けた。

「焼きそば、食いたい。食っていい？」

「いいけど、作れるの？」

「作れない」

私は仕方なく起き上がった。ルフィオは冷蔵庫から勝手にヨーグルトを取り出し、蓋《ふた》を開けている。

「汐美ちゃんちの冷蔵庫って、何でも入ってるよなあ」

私が冷蔵庫から焼きそばとキャベツと豚肉を取り出していると、ヨーグルトのスプーンをくわえたままルフィオが言った。私は返事をせずキャベツを洗う。

彼は最近私のことを「汐美ちゃん」と呼ぶようになった。親しみをこめているのか、小馬鹿にしているのか、どちらだかは分からない。

「また妹が来たら、どうする？」

キッチンテーブルの前に座り、ルフィオは私に聞いた。私は焼きそばの袋を開けながら息を吐いた。

「他人事《ひとごと》みたいに言うじゃない」

彼は答えずヨーグルトをせっせと口に入れている。

「不妊手術は二度使えないしなあ。ルフィオ、何か言っておいてくんない？」

「何かって」

「隣のおばさんは頭がおかしいとか、レズだとか、とにかくあんたの妹がうちに来たくなくなるようなことを」

「汐美ちゃん、レズなの？」

「例えば、だよ」

焼きそばを炒《いた》めながら、私はもう一度溜《た》め息をついた。まったく面倒臭い。好きじゃない人間は家に上げたくないのだと本人にはっきり言えたらどんなに気持ちがいいだろう。

「たぶん、もう来ないよ」

ルフィオがさらりとそう言った。振り向くと彼は食器棚からお皿を取り出しているところだった。その背中に私が聞く。

「なんで分かるのよ」

「そういう奴だよ、あいつは」

まるで答えになっていない答えをルフィオは口にした。何やら釈然としなかったが、私とルフィオは向かい合って座り、黙って焼きそばを食べた。

最近、夫が週末になると家に帰って来る。

金曜か土曜の深夜にタクシーで都心から帰って来て、月曜日の朝、電車で事務所に出かけて行く。

家にいる時の夫は、特に何をするわけでもない。普段の睡眠不足を解消しようとしているようで、とにかく気が済むまで眠っている。のろのろと起きだして来て、私が作ったものを食べ、ソファに寝ころがってまたうとうとと眠りにつく。目を覚ますとテレビを眺め、新聞を眺め、足の爪を切り、欠伸をし、タビの頭を撫でたりもしている。

ルフィオがいつもソファの上でやっていることを、夫もやっている。

ただ、夫は私と同じベッドで眠る。

夫は枕にその横顔を埋《うず》め、寝息をたてる。私はその横で、目を開けている。

暗い天井を見つめる。

眠れない。いつものように、私は眠れない。

夫がいてもいなくても、私は結局眠れないのだ。

でも、ルフィオのそばなら私は眠れる。

おなかいっぱい焼きそばを食べて、私達はファミコンに向かう。そのうち、ルフィオがこっくりと首を垂れる。私も彼の発するネムイネムイ光線にやられて瞼《まぶた》が重くなる。

レースのカーテン越しに、午後の日差しが絨毯に模様を作る。床の上にそれぞれ転がり、私とルフィオとタビは惰眠を貪《むさぼ》る。

ルフィオのそばなら、私は眠れる。

試食会、というのがあるのだ。生協の共同購入をやっていると。

半年に一度ぐらいの割合で、生協の開発した新製品を皆で食べ、感想をまとめて提出するのだ。もちろん断ることもできる。用事がある人は来なくてもいい。来ないからといって、後ろ指をさされることはない。けれど、私は二度に一度は出席するようにしている。

試食会といっても、実はそんな大袈裟《おおげさ》なものではなく、班の誰かの家に集まってその新製品を食べてお喋《しゃべ》りをするだけだ。いつも、私の家の三軒隣の家に集まるのが恒例になっている。もう子供が結婚して独立してしまった五十代の主婦の家だ。

「尾上さんとこ、赤ちゃん生まれたって」

試食品のレトルトのお粥《かゆ》を食べながら、誰かが言った。

「あら、そう」

「昨日、旦那《だんな》さんとエレベーターでいっしょになって聞いたの。男の子だって。三千八百グラム」

「へええ。大きいわねえ」

「最近の子はそのぐらいあるみたいよ」

私は黙ってお粥を口に入れる。私以外の三人は経産婦である。五十代、四十代、三十代の経産婦。

「お祝い、少し包んだ方がいいでしょうか」

二十代代表の私はそう発言した。皆は私の方を見る。三人のお母さんの目が、一斉に私を包み込む。

「お隣だったら三千円ぐらい包んだ方がいいかもしれないけど」

「手塚さんの部屋は離れてるし、別にいいんじゃないかしら」

「尾上さんがご実家から帰って来たら、みんなでちょっとした物を買って渡すっていうのはどう？」

「うん。それでいいわよね」

「そうしましょう」

私が何も言わないうちに、話は簡単にまとまった。私はにっこり笑って頷《うなず》いておいた。

「このお粥、あんまりおいしくないわねえ」

「お粥なんてこんなものじゃない」

「井上さん、適当に書いておいてくれる？」

「はーい」

三十代の経産婦が五十代の経産婦に言われて返事をする。

「男の子かあ。私も男の子が欲しいなあ」

生協に提出する用紙を書きながら、三十代がそう言った。

「井上さんのところは、二人とも女の子だっけ」

「そうなんですよお。男の子欲しいけど、三人目を作るのはちょっとねえ。パパのお給料も安いし」

「そんなもの、何とかなるわよ」

何とかするのはパパなのにねえ、と私はお茶請けの甘納豆に手を出しながら思った。

「でも、三人目がまた女の子だったらどうしよう」

「お医者さんに、産み分け頼んでみたら？」

四十代の意見に、私達は全員お茶を飲む手を止めた。

「そういうのって簡単に頼めるんですか？」

私が発言する。

「お医者さんによっては、三人目ぐらいならしょうがないかって感じで、やってくれるところもあるらしいわよ」

「何それ、どうやってやるの？」

五十代が目を丸くして聞いた。

「精子をね、遠心分離機にかけるんだって。詳しくは知らないけど、男になるのと女になるのと精子の比重が違うから、それで分けたやつを人工授精させるって聞いたけど」

へえぇ、と全員が感心の声を上げる。

「でもきっと、そういうのってすごいお金がかかるんじゃない」

三十代がそう言って息を吐く。

「さあねえ。箕輪さんに聞いてみたら」

「箕輪さん？」

思わず私はそう聞いた。どうしてそこで、ルフィオの母親が出てくるのだ。

「そういえば、今日も箕輪さん来てなかったわよね。来られないなら注文しなきゃいいのに、手塚さんもいい迷惑よねえ」

急須《きゅうす》にポットのお湯を注ぎながら、五十代がそう言った。

「あ、いえ、別に私は」

「江藤さん、どうして箕輪さんなの？　箕輪さんに産み分けの話聞いたの？」

三十代がそれようとした話を戻す。

「そうじゃないんだけど、箕輪さんってお子さん二人とも産み分けを頼んで作ったたって噂、聞いたことあるから」

「あら、そうなの。あのテレビに出てる子」

五十代がそう大きな声を出した。

「どこまで本当か知らないけどね。箕輪さんちの子供って、二人とも今のご主人の子供じゃないんだって。今のご主人とは何年か前に再婚して、子供はその前のご主人との間にできた子供らしいわよ」

「ふうん。連れ子なのかあ」

三十代が興味津々という感じで頷いた。私は湯飲みを持つ手がじっとり湿ってくるのを感じた。心臓が変なリズムを打ち始める。

「前のご主人っていうのが、実は他に結婚してる人がいて、箕輪さんは愛人だったらしいのよ」

「それじゃ、ご主人じゃないじゃない」

「そうなのよ。でね、その男の人っていうのが、大蔵省かなんかの官僚でね、ものすごく頭も切れて、ものすごく顔も良かったんだって。だから箕輪さん、その人の子供を男女一人ずつどうしても欲しかったんだって」

そこで三十代と五十代が噴き出した。

「どこまで本当なの、その話」

けらけらと三十代が笑う。話した四十代も思わず苦笑いをした。

「知らないわよ。私だって人から聞いたんだもの」

「でもまあ、箕輪さんなら頷ける気がする」

「樹里ちゃんだっけ？　最近テレビ出てるもんねえ。ああいうのって、母親が頑張って売りこむわけでしょう」

「お兄ちゃんの方は、陵光学園でしょう。上の男の子がエリートで、下の女の子がアイドルなら、親としちゃあこれで老後は安心ね」

「二度目の旦那さんなんか、いらないじゃないのねえ」

私は彼女達の話に、かろうじて相槌《あいづち》を打ったり笑ったりしていた。けれど、心臓のリズムは直らない。いったいその話は、どこまでが本当なのだろうか。

私は五十代が新しく注いでくれたお茶を飲んで、気を静めようと努力した。もしその話が全部本当だとしても、私には何の関係もないではないか。ルフィオが人工授精で生まれようと、誰の子供であろうと、私には何も関係はない。それで私とルフィオの関係が壊れるわけではない。

私とルフィオの関係？　私は自分の考えていたことにふと疑問を持った。私とルフィオの関係とは何だろう。ただ、最近隣の中学生がちょくちょく遊びに来ている、ただそれだけのことではないか。

「手塚さん？」

呼ばれて私は顔を上げた。

「は、はい」

「やあねえ、何ぼんやりしてたの？」

「手塚さんって、時々そうやってたそがれてるわよねえ」

三十代が私の顔を見て笑う。

「赤ちゃんはつくらないのって聞いたの」

五十代が、ふっくらした目元に優しげな皺《しわ》を寄せて聞いてきた。

「いえ、あの、何かできないんですよね」

私はとりあえずそう口にした。

「あら、病院行ってみた？」

私は曖昧《あいまい》に微笑む。

「よく温泉行くといいって年配の人が言うじゃない」

三十代がこれまた優しい顔を私に向けて言う。

「あれって馬鹿にできないんだって。たまにはご主人と温泉でも行ってリフックスするといいわよ。ほら、手塚さんってあんまり出かけてないみたいだから。パートとかに出て環境変えたりするのもいいかもね」

「あんまり気にしないことよ」

四十代も微笑んでそう言った。

できるわけないでしょ。もう二年近くセックスしてないんですから。

そう言ったら、彼女達はどんな反応をしめすだろう。

同情するだろうか。慰めてくれるだろうか。マンション中に言いふらすだろうか。

ちょっとだけ、言ってみたい気もした。


その次の日、私は午前中に家を出た。

家を出たといっても、外で私が時間を潰《つぶ》せる場所といえばパチンコ屋ぐらいしかない。

開店の十時に、私はいつものパチンコ屋に入った。

パチンコには不思議なジンクスがあって、欲がない時に限って玉が出るのだ。今日は勝つぞなんて思っている日は大抵負けるし、ちょっと時間潰しなんて思っている日は千円ぐらいで大当たりが出たりする。

その日私はパチンコがしたかったわけではなく、ルフィオがやって来たら、どういう顔をしたらいいか分からなかったので家にいたくなかったのだ。そういう訳だったので、あれよあれよという間に一台打ち止めにしてしまった。

「絶好調ですね」

出玉を精算してレシートに換えていると、いつぞやの店員が話しかけてきた。私はびっくりして返事をしそこなった。

「俺の顔、変ですか？」

元ヤンキー店員は、茶色がかった前髪を掻《か》き上げて笑った。

「別に変じゃ……」

「前に俺が話しかけた時も、そういう顔して見てたでしょう」

「いえ、あの、恐い人かなって」

私の答えに、彼は一層笑った。

「昔はねえ、確かに恐い人だったよ、ボク」

ふざけた口調で彼は言う。ホテルのボーイを安っぽくしたような制服も。その子の高い身長と広い肩幅ならばそう変じゃない。放送用のマイクを持った手には、火傷《やけど》の跡のような傷があった。

「更正した不良っていうのは、堅気の人より真面目なんだ」

「……そうかもね」

「だから、そんな恐がらないでよ」

店員は腕を伸ばして、私の肩をポンと叩《たた》いた。そのとたん年配の店員がカウンターの中から「高梨」と彼を呼んだ。

じゃ、と言って背中を向けた彼を私は反射的に呼んだ。

「高梨、君」

今度は彼の方が少々驚いた顔で私を見た。

「あの、あなたって歳いくつ？」

「俺？」

私は自分が言ったことに自分でも驚いていた。歳なんか聞いてどうする気なんだろう。

「えーと、自分の歳って時々分かんなくなるんだよなあ。たぶんね、二十三だと思う」

私が笑うと彼も笑った。そしてパチンコ台の鍵《かぎ》をじゃらじゃらいわせて、彼は仕事に戻って行く。

私はすっかり気を良くして、景品が飾ってあるコーナーをぶらぶらと眺めてみた。

そうか、二十三歳か。五歳も年下だけれど、ルフィオなんか十六歳年下なのだ。どうせ好きになるのなら、まだ彼の方が健全だろう。

好きに？

私は景品の棚の前で立ち止まる。ものすごく恐いことを考えてしまった気がして、私は一人で首を振った。今のはなかったことにしよう。私はそんなことは考えなかった。そんなことは露ほども考えなかった。

頭をぶるぶる振って歩きだした時、私の前を見たことのある中年男が通り過ぎた。小太りのからだに禿《は》げ上がった頭。冴《さ》えない色のスーツを着た男が、すぐそこでパチンコ台を物色している。ダニー・デビートに似た背の低い男。

ルフィオの父親だ。

私が驚いて眺めていると、彼はあまり人気のないフィーバー台の前に座った。私は心臓のリズムがまた変調子を打つのを感じた。

これが普段だったら、私はそんなことはしなかったと思う。けれど、高梨という店員と話をして気分が良かったのと、昨日牛協の試食会で箕輪家の噂を聞いていたのとで、好奇心がむくむくと湧いてきたのだ。

私は何気ない顔をして、ダニーの隣の台に腰を下ろした。彼はちらりと私を見たが、表情を変えずにハンドルを握っている。私もただ黙って玉を貰って弾《はじ》きはじめた。

平日の昼間だというのに、このおっさんは何をしているのだろう。親子で社会からエスケープだろうか。

ちらちらと目の端で彼の様子を見ているうちに、彼があまりパチンコに慣れていないことが分かった。なくなった玉を買うタイミングがぎごちないし、リーチがかかると身を乗り出して台を見つめ、それが外れると大袈裟《おおげさ》に肩を落としている。

一時間ほど、私とダニーは並んで玉を弾いていた。私はその間に一度大当たりを出した。うらやましそうな顔で彼が私を見る。私がにっこり笑うと、彼は頭を掻いてはにかんだ。

しばらくするとダニーは玉を全部弾いてしまい、諦《あきら》めたのかもう新しい玉を貰おうとはしなかった。最後の玉が権利穴に入り、ダニーは椅子から立ち上がってドラムの回転が終わるのを待っていた。その最後の回転にリーチがかかる。彼も私も、あれれという感じで右端のドラムを見つめた。

同じ数字がみっつ揃う。ダニーは慌てて椅子に座り、ポケットから財布を出そうと四苦八苦していた。早く玉を買って弾かなければ、せっかくの大当たりが台無しになってしまう。

素人にありがちな失敗なので、私は特に慌てず自分の玉を一掴《ひとつか》み上皿に入れてあげた。

「早く弾かないとパンクしちゃいますよ」

私の顔をダニーはびっくりした顔で見た。

「ほら、早く」

「あ、すみません」

私に急《せ》かされて、彼は慌ててハンドルを握った。弾かれた玉が開いた大当たりの投入口に入り、銀の玉が下皿に溢《あふ》れ出してくる。店員がやって来て、ダニーにプラスチックの大箱を渡した。

「この台は連チャン性があるから、終わっても十回転ぐらいは回した方がいいですよ」

玉がじゃんじゃん台から吐き出されてダニーはものすごく嬉《うれ》しそうだった。

「そうなんですか。いや、パチンコなんてほとんどやったことがなくてね。もう今月の小遣い全部使っちゃってがっかりだったんですよ」

「よかったですね。これでトントンぐらいにはなりますよ」

「お蔭様《かげさま》で助かりました」

そんなことを喋《しゃべ》っているうちに、彼の台は一回目の大当たりを終えて、すぐまた連チャンをはじめた。うわあ、と無邪気に彼は笑った。私もうわあと声を合わせて笑う。

結局大箱に五つ、玉が溜《た》まった。けれどダニーは精算の仕方も分からなかったようなので、私はカウンターまでついて行ってあげて、景品交換所の場所も教えてあげた。

パチンコ屋の入口で、じゃあと言って私は背中を向けた。ダニーは「ありがとうございました」と丁寧に頭を下げた。

すっかり楽しい気分になって、私は自分の台に戻った。残っていた玉を弾いてみたが、運をダニーに持って行かれてしまったらしくリーチもあまりかからない。

ま、いいか。どちらにしろ、今日は一台打ち止めにしているのでプラスではある。それに楽しいこともいくつかあった。

帰ろうとして、その前に店員の高梨君を捜してみたが、休憩なのか彼の姿は見当たらなかった。ややがっかりして、パチンコ屋の自動ドアを私は出た。

放置自転車の山の向こう、ゲームセンターの入口に立ってこちらを見ていた男と目が合った。

「よかったら、何か食べに行きませんか」

ダニーがにっこり笑って、私にそう言った。

私達は午後の三時という半端な時間に、駅裏の商店街にある焼き肉屋に入った。私は朝ご飯を食べたきりだったのでおなかが空《す》いていた。ダニーもそんな様子で、私達は四人前ぐらいの肉と野菜をビールとともにがんがん食べた。

「いやあ、パチンコってあんなに儲《もう》かるもんだとは思いませんでした」

広い額のてっぺんまで真っ赤にして、ダニーは笑った。

「そうやって人は嵌《は》まっていくんですよ」

「そうでしょうねえ。競馬もね、少しやってみたんですけど、どうもねえ」

「賭《か》け事、お好きなんですか？」

「いや、この歳までまったく興味がなかったんですがね。何というか、暇潰《つぶ》しで」

「暇潰し？」

「最近、暇な部署に配置換えになってねえ。ちょっとさぼり癖がついちゃって」

彼が脱いだ安っぽい上着の襟には、大手電気会社の社員章が付いている。迂闊《うかつ》なおじさんだ。さぼる時ぐらい、バッジ外せばいいのに。

その会社で、彼はいわゆる窓際という奴なのだろうと推測しながら私はコップに注がれたビールを飲む。アルコールを飲むのは何年ぶりだろう。

ダニーは野球と相撲とサッカーの話をした。典型的な日本の親父的話題だった。彼は私の名前や、どこに住んでいて何をしているのか、そういうことは聞かなかった。

私がどんどんコップのビールを空けるので、彼はどんどんビールを注ぎ足してくる。注がれるとまた飲んでしまい、またキリンのコップは黄色い発泡水で満たされる。

「ダニー・デビートに似てるって言われません？」

レッズがどうしたら最下位から脱出できるかについて語っていた彼の話の腰を折って、私はいきなりそう質問した。

「それは、誰ですか？」

きょとんとして彼は聞いた。

「映画見たりしませんか？　ツインスに出てるシュワちゃんじゃない方」

「……さあ、分からないなあ」

「すごく似てますよ」

そうですか、ありがとうございます、と彼は言った。ダニー・デビートに似てると言われてありがとうはないだろうと、私は思わず噴き出した。私が急に笑いだしたのを見て、彼は困ったような笑顔を見せた。

「あなたは、この辺の方なんですか？」

彼はやっと私のことについて質問をした。

「ええ、そうです」

おじさんちの隣に住んでます。

「ご結婚、なさってるんですよね」

彼は私の薬指の指輪に視線を向けて言った。

「ええ」

「お子さんは？」

「いません」

「まだ、新婚さん？」

「いえ、もう六年目です」

「そうですか」

そこで話が途切れた。ダニーは焦げたタマネギを鉄板から拾い上げてぼそぼそと食べている。その姿が妙に可愛らしい。ぬいぐるみが焼き肉を食べているみたいだ。

「私、ちょっと変な特技があるんです」

私の唐突な発言に、彼は眉《まゆ》を上げた。

「変な特技？」

「ええ。酔っぱらうと、超能力が使えるんですよ」

ああ、酔っぱらってる。私ったら、何を言っちゃってんのかしら。

ダニーは訝《いぶか》しげな顔をした。危ない女をナンパしてしまったと思っているのかもしれない。

「あなたの家はマンションの八階にあって、お子さんが二人いるでしょう。上が男の子で下が女の子。女の子はテレビに出てる」

「樹里のことをご存じで？」

ダニーはそう聞いてきた。私はそれを無視して手酌でビールをコップに注いだ。

「息子さんはいい私立中学に入ったけど、家族には興味がない。何を考えてるのか分からない。今の奥さんとは少し前に結婚して、お子さん二人は奥さんの連れ子」

右手に割り箸《ばし》、左手にビビンバのどんぶりを持って、ダニーはぽかんと私を見た。

「子供達の本当のお父さんは大蔵省に勤めていて、家庭を持ってる人ですね。あなたの奥さんはその人との子供が欲しかった。あなたの家では冷凍のギョーザをよく食べるでしょう。卵はLLの大きいやつで、ジュースはりんごジュース」

最後の方は、いつも生協の荷物を預かってあげているので知っているのだ。

ダニーは約一分、口を開けっ放しにして動かなかった。

「君は、誰なんだ？」

やっと出てきた台詞《せりふ》がそれだった。彼の目にはじんわりと涙さえ滲《にじ》んでいた。

私は持っていたビールのコップを静かにテーブルに戻した。酔っぱらった勢いとはいえ、すごくひどいことをしてしまった気がした。

「どうして、そんなことを」

「ホテルに行きませんか」

ダニーの言葉を遮って、私はそう言った。自分でも何を言ってるんだか分からなかった。ただ、私は彼を抱きしめたくて仕方なかった。

テーブルの向こうで、ダニーがますます驚いた顔でこちらを見ていた。

酔っぱらっている。

その証拠に、超能力が使えるもの。

私はこの人とセックスするって。それはもう、最初から決まっていたことだって。


気を失っていたのは、どのくらいだろう。大した時間じゃない。私はハンマーで頭をがんがん殴られているような痛みを感じて目を開けた。

暗い天井が目に入り、次に隣で誰かが寝ていることに気がついた。私は頭を押さえながら、のろのろと起き上がった。自分の裸の胸と、ぐうぐう鼾《いびき》をかいているダニーを絶望的な気分で見下ろす。私は彼を起こさないように、そっとベッドから下りた。

なんてことだ。

私は猛烈な頭の痛みを堪《こら》えながら、落ちていた服を急いで身につけた。ラブホテルの部屋のいたる所に貼られた鏡が、いくら目をそらしても自分の無残な姿を映し出す。

ああ、そうだ。思い出した。私は結婚した時にお酒をやめたんだった。

アルコールを飲みすぎると、私は突然タガが外れたようになるのだ。言ってはいけないことを言ってわざと人を怒らせたり、平気で大嘘をついたりもする。そして何より困ったことに、ひどく酔っぱらうと私は強烈に男の人と寝たくなるのだ。夫との馴《な》れ初《そ》めもそれだった。仕事の打ち上げで飲みに出て、三次会の店で夫が私を皆の中から連れだした。酔っぱらっていた私は、夫を強引にホテルに誘ったのだった。

それなのに。

私は音をたてないようにしてそっとドアの外に出た。ベッドで寝ているダニーを振り返りもしなかったし、もちろん置き手紙なんか書かなかった。私は逃げるように部屋を出た。

そして、そこがあの焼き肉屋から歩いて五分のところにある安っぽいホテルだったことを改めて思い出した。日の暮れた路地には、犬を連れたおばさんがひとり歩いていて、ラブホテルから出て来た私をちらりと見た。

猛烈な後悔と頭痛が私を襲った。

ほぼ二年ぶりにしたセックスは、何の感慨もなかった。苦い罪悪感だけだ。

酔ってる時は男の人に抱かれたくて仕方ないのに、いざセックスしてみると、これが全然よくないのだ。正気に戻ると、何でこんなことがしたかったんだろうと不思議でたまらない。私がしてほしかったのは、あんなことじゃない。

酔っぱらっているから気持ちよくないのかと思っていたが、私は夫としらふでセックスしても気持ちがいいなんて思ったことはない。いったい私はどうしたら満たされるのだろう。

自分の性欲というものが、私にはよく分からなかった。しかし、酔っぱらって知らない中年男と寝たって満たされないのだけは事実だ。ああ、せめて高梨君と寝たかった。〝誰でもいい〟にもほどがある。

さすがにバスに乗る気になれなくて、私はタクシーを捕まえた。運転席の時計を覗《のぞ》きこむと、まだ七時になっていなかった。思ったより時間はたっていない。

くらくらする。気持ちが悪い。私は吐き気を堪えた。グリーンヒルズに着くと、私は死ぬ思いでエレベーターに乗って自分の部屋までたどり着いた。

鍵《かぎ》を開けて中に入り、廊下にばったり倒れたとたん、待ちかねていたように扉がコツコツとノックされた。三つ叩《たた》くのはルフィオだ。

「……開いてるよ」

私は絞り出すように言った。一拍間を置いて、後ろでドアの開く音がした。私は振り返る元気もなかった。

「汐美ちゃん?」

私が倒れていたので、さすがのルフィオも驚いた声を出した。

「どしたのさ。うわ、酒くせえ」

近寄って私の肩を揺すったとたん、彼はそう言った。

「気持ちが悪い」

「何で酒なんか飲んでんだよ。わっけ分かんないおばさんだなあ」

わけ分かんないのはお前だろが。私はとにかく吐いて楽になろうと、トイレのドアまでずるずると這《は》った。ルフィオが私に手を貸して立たせてくれた。私はトイレになだれこむと、便器の中に派手に嘔吐《おうと》した。ルフィオがぎごちなく私の背中をさする。

一通り吐いてしまうと、私はトイレの手拭《てふ》き用のタオルを取って口を拭《ぬぐ》った。

「水、くんで」

どうしたらいいか分からないという顔で私を見ていたルフィオは、やることを与えられほっとした様子で台所に向かう。私はトイレの壁に凭《もた》れたまま、ルフィオから水の入ったコップを受け取った。

水を一気に飲むと、少し気分が楽になった。けれど依然頭はがんがん痛む。長くて大きな溜《た》め息をついた私を、ルフィオがしゃがみこんで覗いていた。

「どうしたんだよ」

眉間《みけん》を曇らせたルフィオの顔が目の前にあった。体温が伝わってくる距離にルフィオはいた。キスしたい衝動が、さっきの吐き気と同じぐらいの勢いでこみ上げてきた。

そして私は、自分自身に嘘を指摘された。誰でもいいなんて嘘だ。

私は奥歯をくいしばって何とか堪えた。膝《ひざ》を抱え、そこに顔を埋めた。

「なんで酒なんか飲むんだよ」

怒ったような口調でルフィオは言う。

我慢できなかった。私は泣きだした。ルフィオは「わっけ分かんねえなあ」と繰り返し言い、そっと私の頭に手をのせた。私はその手を振り払う。

「もう来ないで」

ルフィオの顔には表情は表れなかった。ただ珍しい昆虫でも見るように、ただじっと私を見つめている。私は視線をそらす。そしてもう一度言った。

「用がないなら、もう来ないで」

彼はゆっくりと立ち上がった。そしてドアを出て行った。


考えたくないことは、考えないに限る。

私はルフィオの父親と寝たことも、ルフィオの前でゲロしたことも泣いたことも、考えないように努めた。

あれから十日ほどたつが、三日あけずに家にやって来ていたルフィオが現れなくなった。

それはそうだ。私が来るなと言ったのだから。

私は何もする気になれず、家の中で生タラコのようにぐったりと寝そべって過ごしていた。

こうして家の中で何もせず横になっている限り、何も起こらないのだということに改めて気がついた。何もしなければ平和なのだ。水面《みなも》に小石を投げるから波紋が起こるのだ。凪《な》いだ心でいたかったら、ぴくりとも動かないことだ。

私の特技は、酔っぱらった時の超能力だけではない。都合の悪いこと、嫌なこと、面倒臭いこと、そういうことを忘れたり諦《あきら》めたりする特技を持っている。何かに執着したり、いつまでも悲しんだりする心の体力がないだけなのかもしれないが、その特技があるからこそ私は今まで生きてこられたような気もする。

そこで玄関のチャイムが鳴らされて、私は反射的に飛び起きた。ルフィオだろうか。私は音がしないようにそっと廊下を歩いて、ドアアイを覗いた。玄関の前には、生協で同じ班の三十代主婦が立っていた。この前試食会に来ていた二児の母親ではなく、カルチャーセンター好きの、班の中で一番はきはきした人だ。気は進まなかったが、仕方なく鍵を開けた。

「手塚さん、もう話し合い始まってるわよ」

けろんとそんなことを言われて、私は返事に窮した。話し合いって何だろう。私の表情を見て、彼女は不機嫌そうに言った。

「この前、回覧板を回したじゃない。自転車置場のこと」

「あ」

そう言われて思い出した。マンションの下にある花壇を潰《つぶ》して自転車置場にしようという話が前からあったのだ。そういえば、その話し合いを管理人室でやるという知らせが回って来た記憶がある。ルフィオのことで落ちこんでいたのでよく読みもしなかった。

「すみません。私、忘れてて」

「何もないなら来てくれる？　出席率悪いのよ。自分達のマンションのことなのに、みんなどうして無関心なのかしらね」

三十代主婦は、その目的意識のはっきりした目で私を睨《にら》んだ。私はおたおたと頭を下げる。

「すぐ行きます。すみませんでした」

「あ、ねえ。手塚さん」

急に笑顔になって、三十代は言った。

「悪いんだけど、隣の佐藤さんにも声かけて来てくれるかしら」

「佐藤さんですか？」

箕輪さんとは逆隣の家が佐藤さんだ。けれど佐藤さんは共働きで、家に人がいることは少ない。

「いらっしゃらないんじゃないでしょうか」

「ううん。今日は水曜日でしょう。旦那《だんな》さんの方は休みでいると思うから」

「はあ」

よその家の旦那さんの休みまでよく知ってるなあと私は感心する。

「佐藤さんって、何があってもいつも知らん顔じゃない。いる時ぐらい来てもらわないとね」

じゃあお前が言いに行けよ、という台詞《せりふ》を私は飲み込んだ。自分が行けばきっと角が立つぐらいの自覚は彼女にもあるのだろう。何しろ佐藤さんの奥さんは、八階の主婦達の嫌われ者なのだ。

その点、私が声をかける分には確かに角は立たない。私はのんびり者で間抜けで自分の意見は何ひとつない対立嫌いの八方美人だと、ゴミを捨てに行った時に八階の主婦達が言っているのを聞いたことがある。何とも光栄な評価だ。

どうせいないだろうと思いながら、私は佐藤家のチャイムを続けて三回押してみた。三回も押せばいいなかったと胸を張って言えるだろう。

そうしたら、意外にも起き抜け顔でパジャマ姿の奥さんが顔を出したので、私の方が驚いてしまった。

明らかに迷惑そうな彼女に、私は自転車置場を作る話し合いをしているのだと説明した。いるのに連れて来なかったなんてことが三十代主婦にばれたらまた厭味《いやみ》を言われる。私は佐藤さんに、ご近所との関係もあるからたまには顔を出した方がいいですよなんてお節介なことまで口にしてしまった。

断られると思っていたのに、佐藤さんは意外と素直に「すぐ行きます」と頷《うなず》いた。

私は一階にある管理人室に行こうとして、ふと足を止めた。何もそんなに急いで行くことはない。佐藤さんを待っていたという口実があるのだから、もう少し時間を潰してから行こう。

私は壁に寄り掛かり、非常階段の向こうに見える十一月の空を眺めた。その青い空の下にグリーンヒルズのマンション棟が並び、公園の芝は枯れて色を失っている。

ここへ越して来て、六度目の秋だ。変わりばえはしないけれど、私は秋が好きだった。がちゃがちゃうるさい春や夏は苦手だ。秋と冬は静かでいい。

佐藤さんの奥さんは夏を連想させる人だなと思った。いつもぴかりと明るく、ぴかりと言いたいことを言う。だから彼女はマンションの奥さん達に嫌われるのだ。

私もどちらかというと彼女が好きではない。

佐藤さんも越してきたばかりの頃は、私達の生協の班に入っていたが、半年もたたないうちにやめてしまった。引き止める人はもちろんいなかった。生協の荷物を分ける時や、試食会に顔を出した時など、佐藤さんは露骨に私達を軽蔑《けいべつ》の目で見た。何をくだらないお喋《しゃべ》りばかりしてるのかしらとばかりに。

最近彼女は生命保険会社のセールスレディーをやっているそうだ。誰かが、自治会の役員はあっさり断るくせに、保険のセールスに来るなんて失礼にもほどがあると言って怒っていた。

佐藤さんは「おばさん」ではない。子供が一人いるけれど、彼女はまだまだ「若い子」なのだ。そして彼女は一生「おばさん」になりたくないと思っているに違いない。

おばさん、というのは年齢ではない。二十代の前半で子供がいなくても、すっかりおばさんになっている人もいる。

私は「若い子」はうっとうしくて苦手だ。その点「おばさん」はいい。包容力があって、なあなあということを知っていて、皆自分のことで精一杯なのだということを承知している。だからせめて、表面上だけでもうまく付き合おうとしているのだ。近所の人と本当の友達になろうなんて思っていない。近所の人とは「よき隣人」でさえあればいいのだ。

佐藤さんはそれが分かっていないし、またそんなことは認めたくもないのだろう。希望に燃え、上昇志向があり、自分だけが大変だと思っている。きっと何を手に入れても満足するということがないのだ。諦めるということを知らないのだ。

そんなことを考えていると、いきなり佐藤さんの家のドアが開いた。彼女は不機嫌顔で力任せにドアを閉める。

「あ、待ってて下さったの？」

私を見つけて、佐藤さんはそう言った。私は曖昧《あいまい》に笑う。肩を並べてエレベーターに向かうと、彼女はその自転車置場の話はもめているのかと私に質問した。

花壇を潰して屋根付きの自転車置場を作ろうという話はかなり前から出ていた。けれど、いざ作るとなると棟の人達全員でお金を出すことになる。そうなると自転車を使っていない家の人から、余計な出費をしたくないと文句が出た。私はそういうふうに彼女に説明した。佐藤さんは、ふんふんと頷いて聞いている。私はその横顔を眺めた。

顎《あご》までのソバージュの髪に、細い顎と小振りの唇。たぶん私と同い年ぐらいなのだろうと思う。けれど、所帯臭さがない、休みだというのに、ちゃんと化粧をしてご丁寧にストッキングまで穿《は》いている。

私が最後にストッキングを穿いたのはいつだっただろう。だいたい私はストッキングを持ってたかしらと考えていると、急に彼女が「手塚さん」と私を呼んだ。

「は、はい」

「猫、飼い始めたんですね」

私はその一言で、からだ中の血液が流れを止めたように感じた。

「さ、佐藤さんの部屋まで行きましたか？」

「いえ。ベランダに出たら、窓のところにいたから」

「誰かに、おっしゃいました？」

「いいえ。誰にも」

私の様子を察してか、彼女は励ますように微笑みを作った。

「今はマンション住まいだって、猫ぐらい黙認されてるんじゃないかしら。平気よ。手塚さんのところだけじゃないわよ、きっと」

その微笑みは、一児の母親らしくマリア様のようだった。この人はもしかしたら意外といい人なのかもしれないなんて私は思ってしまった。

ところがエレベーターが一階に着いたとたん、マリア様が突然こんなことを言いだしたのだ。

「手塚さんは、お仕事していらっしゃらないの？」

その一言でまた私の血液がどよんと淀《よど》んだ。

彼女は私に、いっしょに保険のセールスレディーをやらないかと勧めた。勉強になるだの楽しいだのお金になるだの暇なら働けだの、佐藤さんは笑顔で言った。その顔は、マリア様から一変して般若《はんにゃ》のようですらあった。私はもごもごと曖昧な返事をする。

業を煮やした様子で彼女は言った。

「手塚さんにも、夢があるんじゃない？」

「夢？」

私は思わず聞き返す。夢、ときたか。まるでそれは、テレビで見る「スイートテンダイヤモンド」のコマーシャルのようだ。たまにいるのだ、そういうこと真顔で言ったり考えたりしてる人が、努力には必ず褒美がついてくるものだと思っている人が。

「夢を叶《かな》えるためには、ただ待ってたんじゃ駄目なのよ。どんな夢だって、やっぱりお金や人生経験が必要でしょ。何かはじめなくっちゃ」

私は目の前の女が、憐《あわ》れに思えて仕方なかった。結婚十年目にはきっと、夫から十粒のダイヤモンドが貰《もら》えると信じているであろう女が。

「仕事、する気はないから」

説明しても分かってはもらえないだろう。いくらセールストークでも「夢」なんて単語を口に出せる人には。


その話し合いには、珍しく箕輪さんの奥さんが来ていた。箕輪さんには色々と後ろ暗いところがある私は、管理人室のドアを開け、彼女の姿を見つけたとたん思わず固まってしまった。

「手塚さん、ここどうぞ」

隅に座っていた柳田さんが声をかけてきた。私と佐藤さんは、彼女が取っておいてくれた椅子に腰掛けた。

管理人室は他の部屋と同じ造りになっているが、管理人夫婦はどこからか通っていて住み込みではない。だから管理人室はグリーンヒルズの集会場のような役目を果たしている。3DKの部屋の壁をほとんど取り壊して広いワンルームにし、会議用の大きなテーブルとスチール椅子が置いてある。

箕輪さんは、その会議用のテーブルのほぼ中央に座り、議長役の管理人さんをそっちのけで話し合いを仕切っていた。

私はぬるくなった緑茶を啜《すす》りながら、その様子を眺めた。

箕輪さんは、自分の娘のマネージメント活動に忙しくて、こういう自治会の集まりにやって来ることは稀《まれ》だ。生協の活動も出て来ないことが多いので、陰で箕輪さんの悪口を言う人は多い。

だが、佐藤さんと同じようなことをしているのに、箕輪さんがあまり嫌われないのは、彼女が「おばさん」だからだろう。物腰といい口調といい、決して他の主婦達の反感を買うようなことはない。活動的ではあるけれど、箕輪さんは「若い子」ではなく「ちょっと派手なおばさん」なのだ。

そしてもうひとつ。やはり彼女には、人を惹《ひ》きつける何かがあった。華がある。人前で話すことに気負いがなく、ほがらかで、それこそテレビに出ている人のようだ。もしかしたら彼女は昔、自分自身がタレントになりたかったのかもしれないと私は思った。

話し合いは、だらだらといつまでも続いた。話がまとまろうとすると、反対しているおばさん達がねちねちと厭味《いやみ》を言う。

私は聞いている顔をして、箕輪さんの顔ばかり眺めていた。ルフィオの母親で、ダニーの妻である女性。だいたい、どうして彼女はあの冴《さ》えない男と結婚したのだろうか。箕輪さんなら、もう少しぱっとした男を捕まえられたような気もするのだが。

息子が学校や塾をさぼって私の部屋に入り浸っていたことを知ったら、彼女はどうするだろう。彼女の夫と私が寝たことを知ったらどうするだろう。そう考えたらあまりにもぞっとして、私は椅子から立ち上がった。

「手塚さん?」

隣に座っていた柳田さんが不思議そうに私を見上げた。

「あの、お茶でも淹《い》れ替えるわ」

「そうね。そうしましょう」

皆の前に置かれた湯飲みを集めて、私と柳田さんはキッチンに入った。

「ねえ、手塚さんって箕輪さんと親しい?」

急須《きゅうす》の中の古いお茶っ葉を流しにあけていると、柳田さんが小声で聞いてきた。私は急に箕輪さんの名前を聞かれて、持っていた急須を流しの中にごとんと落とした。

「……どうして？」

慌ててそれを拾い、私は聞いた。

「うん、ちょっとね、変な噂を聞いたの」

へんなうわさ。へんなうわさ。へんなうわさ。心臓がどくどくとリズムを打ち鳴らす。

「変な噂って？」

それでも私は何とか平静を装った。

「箕輪さんって、お子さんを産み分けしたって聞いたんだけど、本当かしら」

ああ、その話か。私は自分に関する噂でないことに安堵《あんど》の息を吐いた。

「さあ、私もその噂は聞いたけど、本当かどうかは」

お茶の缶をポカンと開けて、私は新しい葉を急須に入れる。柳田さんは黙って火にかけたやかんを見つめている。その横顔が、いつもよりもっと深刻そうだ。

「柳田さん？」

私は思わず声をかけた。彼女の目尻《めじり》からぽろりと雫《しずく》が落ちたのだ。

「……ごめんなさい」

手の甲で涙を拭《ぬぐ》って、柳田さんは無理に笑顔を作った。

「最近私、情緒不安定で」

自分のことを情緒不安定だと言えるうちは、まだそれほど心配はないかもしれない。私は彼女のことを好きではないけれど、演技ではなく本当に落ちこんでいるらしい彼女を見てちょっとだけ仏心が出た。

「旦那《だんな》さんと喧嘩《けんか》でもしたの？」

私はそっと聞いてみた。彼女は首を振って呟《つぶや》くように言う。

「……赤ちゃんができないの」

ああ、結局それなのか。私は大きな溜《た》め息をつきたかったが、何とか我慢した。

「調べてみたら？　私が行っていた所でいいなら病院紹介しますよ」

私の言葉に、彼女はさっと顔を上げた。

「みどりヶ丘の図書館の向かいにある西岡医院って所。そこの先生、親切だったし色々教えてくれるから、行ってごらんなさいよ。ひとりで悩んでても仕方ないわよ。話だけでも聞きに行ったら」

自分の台詞《せりふ》に、私は自分でも胸が悪くなるのを感じた。こんなことは絶対言うまいと思っていたのに、何故口にしてしまったのだろう。

「手塚さんは、調べたことあるの？」

目を丸くして柳田さんは聞いた。泣いて赤くなった鼻の頭が子供のようだ。私は仕方なく頷《うなず》いた。彼女はまだ何か聞きたそうだったが、私はお盆にお茶をのせ、黙って台所を出た。湯飲みを配る手が、ほんの少し震えていた。

嫌なことを思い出させ、私をこんな気分にさせた柳田さんが、憎かった。

不妊検査を受けたのは、結婚して三年目だった。

私と夫は、結婚する前に二年近くの交際期間があった。結婚前の二年間と結婚してからの三年間、回数はそう多くなかったけれど、彼はあのコンドームという奴が大嫌いで、絶対つけなかったので、私達はまったく避妊しないでセックスしていたのだ。

結婚して三年がたち、そういえば何で子供ができないのだろうと、ふと思い当たった。夫と子供のことを話し合ったことはなかった。けれど、避妊をしないということは、できても構わないということなのだろうと私は解釈していた。

私自身は、子供が欲しいのかどうか、ちゃんと考えたことはなかった。専業主婦だし、夫は仕事で忙しくて家にいる時間は少ないから、一人きりでいる時間が多い。けれど、生活費は十分ある。私自身これから何かやりたいことがあるわけではなかったので、子供ができると暇も潰《つぶ》れて楽しいだろうなと漠然とは思っていた。

もしかしたら、できないのかもしれない。今まで考えもしなかったことが、私の前に立ちはだかった。私はそのことを夫に言ってみた。子供ができなかったらどうしようと。

「病院行って調べてみればいいじゃない」

とても簡単に夫はそう言った。そう言われればそうだと私も思った。ひとりであれこれ考えたところで、何も分かりはしないのだから。

それで、みどりヶ丘の駅のそばにある産婦人科に行ってみた。不妊検査をしたいと言って来たわりには、基礎体温もつけてこなかった私を医者は呆《あき》れた顔で見た。

とにかく基礎体温をつけて排卵日を知り、その日にすることをしてみて、それでもできないようならまたいらっしゃいと私は言われた。そうか、赤ちゃんというのは、そうやって計画的につくるものなのかと感心した。

婦人体温計を買って、翌日から基礎体温をつけはじめてはみた。けれど、睡眠時間が安定していないせいか、私の体温は昔保健の時間に習ったあのきれいな曲線を描いたりしなかった。

でも。

私はいつものように、ダブルベッドの中で一人の朝を迎え、体温計をくわえながら思った。

でも、よく考えてみれば、排卵日が分かったところで、その日夫が家にいるかどうかも分からない。もし、家にいたとしてもセックスしてくれるか分からないではないか。

妊娠する、ということは、結構大変なことなのだと私は思った。たった一回のセックスで妊娠する人もいるが、それはよっぽど計画的だったか、奇跡に近い偶然だったかのどちらかなのだろう。

私は考えこんでしまった。私はここまで成り行きでやってきたし、これからも成り行きで生きていくだろうとは思う。

夫の恋人になり、結婚して、避妊しないセックスを続け、それでも妊娠しないことに気がつき、婦人科の先生に基礎体温ぐらいつけなさいと叱られた。

そして私は、やっぱり子供が欲しいと思った。

昔からあまり欲望のない人間だった。あれ買ってこれ買ってと言って親を困らせたこともなかったし、お年玉なんかを貰《もら》っても使い道が思いつかなくて、知らない間に通帳にお金が溜まってしまうタイプだった。

そんな私でも過去ひとつだけ、喉《のど》から手が出るほど欲しかったものがある。それが夫だ。彼と知り合った時、私はどうしてもどうしても彼の恋人になりたくて、自分でも信じられないほどアプローチをかけた。そして晴れて恋人になり、結婚までこぎ着けることができた。

その夫の子供が、私は欲しかった。欲しいものなど、あとはもうひとつもない。

私は自他ともに認める怠け者で、普段はだらだらと成り行きに任せて暮らしているが、そんな私が「これが欲しい」と思った時は、本当に欲しい時なのだ。だから私は素直になることにした。

久しぶりに目標ができた私は、朝もちゃんと起きるように努力した。夫がいない時はポテトチップスとケーキなんていう夕飯を食べていたのに、ちゃんと煮物やおひたしなんかも作って規則正しい生活を心がけてみた。すると驚くことに、ちゃんと基礎体温の曲線が正しいカーブを描くではないか。

私は数カ月分の基礎体温表を持って、もう一度産婦人科を訪れた。

不妊検査をしたいと言う私に、医師は一枚紙をぺらりとくれた。それは、検査の一覧表だった。その項目の多さに、私はびっくりした。

私はまったく無知だった。不妊の検査というのは、血を採ったり採尿したり、ちょっとあの検査台の上に足を広げて乗ったりすれば終わるのだと思っていた。それは大きな間違いだった。

検査には、一般検査と特殊検査とがあり、最初の一般検査を一通り終えるだけでも、約三カ月かかるそうなのだ。

時間とお金がいるものなんですね、と私が思わず呟くと、医師は苦笑いして「根気もいりますよ」と言った。

でもまあ、幸い私には時間だけはたっぷりあった。受けて立とうじゃないのという気になったところで、医師は言った。

「最初は奥様の方の簡単な検査をしますが、いずれは旦那様にも来て頂くことになりますから」

夫の方の検査の大まかな説明を聞いて、私は肩からしゅるしゅると力が抜けていくのを感じた。

採取してすぐの精子が必要だの―つまり病院で射精しろということだ）、性交してから二時間以内に二人で病院に来いだの（つまり朝っぱらからしてこいということだ）と言われて、私はかなり困惑した。そんなことを、あの夫が協力してくれるとはとても思えなかった。

とにかく、ありがちな原因かもしれないということで、まずは私の方の検査を始めた。そうやって、私はまめに産婦人科に通うようになった。

問診をし、背丈も体重も計り、もちろん血液も尿も採られ、心電図とX線写真も撮った。排卵はちゃんとあるか、卵管は詰まっていないか、子宮内膜に問題はないか。

最初は医師の説明をよく理解しようとして真剣に聞いていたけれど、そのうちあまりにも色々な検査があるので、だんだんだるくなってきてしまった。

そうこうしているうちに、私ひとりで受けられる検査は終わり、特に問題のある箇所は見つけられないという結果が出た。

あとは夫の検査だった。

夫婦間の協力が何よりも大切なのだ、とその医師は言った。数カ月の間、何度も何度も顔を合わせ、あそこまで見せた初老の医師に、私は変な親しみのようなものを感じていた。

私はその医師が、私のことを「助けたい」と思っていてくれるのが分かって嬉《うれ》しかった。医者として当然のことなのかもしれない。それとも、私がそう思いこんでいるだけでただの錯覚かもしれない。

でも、医師の言葉が胸に染みた。ああ、そうだ。ここまで頑張ったんだから、ちゃんと検査をやり遂げよう。それにはどうしても夫の協力がいるのだと私は思った。

私は夫に「迷惑をかけない」というスタンスで常に接していたので、夫にいっしょに不妊検査を受けてくれと今まで言えなかった。でも、どうしてもお願いしてみようという気になった。

夫があまり疲れてなさそうで、テレビなんかを見て機嫌良く笑っている時を狙って、私は検査の話を持ちだした。

夫はちらりと私の顔を見てから、またテレビに顔を戻す。

「検査しなくても、俺の方は問題ないよ」

簡単に彼はそう言った。彼は何でも簡単に言うのだ。その自信はいったいどこからくるのだろうと私が思っていると、夫はぼそっと呟《つぶや》いた。

「昔、女の子を妊娠させたことがあるから」

私は夫といっしょにテレビの画面を見つめ、しばらくそのままの姿勢でいた。そんなことを言われたら、妻としてどういうリアクションをとるのがベストなのだろう。

「お茶飲む？」

思わずそう聞いた。夫は「コーヒー飲みたい」と返事をした。

コーヒーメーカーを使わず、私はお湯を沸かしてゆっくりコーヒーを淹《い》れた。気持ちを落ちつけようと努力した。

夫が私と知り合う前に、誰か他の女の子と付き合っていて、その子を妊娠させていたとしても、私が動揺したり怒ったりする権利は何もないのだ。私だって夫と知り合った時に処女だったわけじゃない。

それによく考えてみれば、夫は自分が女性を妊娠させる能力があるのを知っていて、避妊もせずに私とセックスしていたのだ。彼だって子供が欲しいに違いないのだ。

とりあえず、そういう線に考えを落ちつけた。

そして、私はその日から医者に通うのをやめた。私達夫婦の子供の話は、それで終わりになった。

深く考えたくはないけれど、夫が私を抱かなくなったのは、ちょうどその頃からだったような気がする。

話し合いが終わると、お茶でも飲みましょうよと誘ってきた柳田さんをむげに断って、私は部屋に戻った。

玄関のドアのポストに夕刊が挟まっていたので、それを抜こうと私は手を伸ばした。しかし、夕刊といっしょに薄いピンク色の封筒が挟まっているのを見つけて、私はその手を止めた。夕刊とその手紙から目をそらし、私はリビングの絨毯《じゅうたん》の上にだらっと寝そべった。ものすごい倦怠感《けんたいかん》だった。

周期的にこういう気分がやってくるのだ。からだ中がだるくて、もちろん家事なんかする気になれないし、雑誌も新聞も見る気がしない。

私が夕暮れの部屋の中で寝そべっていると、タビがやって来て短く「にゃ」と鳴いた。

「……自分で何か食べなさい」

そう言われてタビは不満そうに私を見る。しばらく横たわった私のまわりをぐるぐる回り、投げ出した私の足の先なんかをくんくん嗅《か》いでいたが、しばらくすると諦《あきら》めたのか、私の腰のあたりに寄り掛かって居眠りをはじめた。

しばらく私もうとうとしたようだった。ふっと目を開けると、部屋の中が真っ暗になっていた。タビはいつの間にかいなくなっていた。

立ち上がって電気を点《つ》ける気力さえも湧いてこなくて、私はその姿勢のまま、手の届く所に落ちていたテレビのリモコンを取り上げてスイッチを入れた。

テレビの明かりで天井や壁や家具が闇の中から現れる。食器棚の上で丸くなっているタビの姿も見えた。私は首だけ曲げて、ぼんやりと夕方のニュース番組を眺めた。

やたら明るいスポーツキャスターが消えて、これまたやたら明るいコマーシャルがはじまる。コンビニ、ビール、引っ越し屋と続き、四本目のコマーシャルはスタミナドリンクのコマーシャルだった。

四十歳ぐらいの男が会議で熱弁をふるっている場面の後、同じその男が家で娘とファミコンをしているカットが入り、また彼がオフィスで部下らしき男を叱りつけているカット、家で奥さんに耳掻《か》きをしてもらっているカット、そしてバーで女の子を口説いているカット、娘に馬乗りになられて尻《しり》を叩《たた》かれているその男のカット。

特に目新しくて面白いというわけではないけれど、テンポの速さと、流行《はや》りのラップがBGMで小気味よいフィルムだ。家族的な温かさも出ている。夫の事務所が作ったCMに違いなかった。

私はごろりと一回寝返りを打ち、テレビに背を向ける。

私は夫の作ったコマーシャルをテレビで見かける度、とても白けた気分になった。彼の作品は、少し笑えて気持ちがあったかくなるタイプのものが多い。ただお洒落《しゃれ》なだけ、ただ流行を追っただけ、ただ有名タレントに頼っただけのフィルムではない。評価され、まわりに人が沢山集まり、仕事がどんどん増えていくのは当然だと思う。

けれど、それは彼の心の温かさから作られるものではないのだ。彼にとって夫婦愛や家族愛、そういうものは仕事上のモチーフでしかない。どのスイッチを押せば人の心というものが動かせるか、彼は知っていてやっているのだ。仕事のための技術でしかない。

だからといって夫が冷血なだけの人間かというと、そうでもない。彼は基本的に礼儀正しいし、嫌な奴でもない。考えようによっては、彼はとても正直な人間だ。嫌いな人間とは仕事で必要なこと以外は口もきかないし、興味のないこと、自分の利益にならないことには、ほんのちょっとのエネルギーも使わない。

そんな人が何故私と結婚してくれたのだろう。今考えても、それは奇跡のようだ。私が結婚してほしいと言った時、彼は「いいよ」と簡単に頷《うなず》いたのだ。そう、とても簡単に。

そこでタビがひらりと食器棚から下りて来た。そしてキッチンの方を向いて先程より少し大きい声で鳴いた。私はだらだらと半身を起こす。やっとご飯が貰《もら》えるかと期待の目で猫は私を見た。仕方なく私はキッチンに立った。

缶詰を開けて食器に移し、私はタビの鼻先にそれを置いてやった。ふんふんと匂いを嗅いだかと思うとタビはふっと横を向く。最近同じ缶詰が続くと、こうやって食べないことがあるのだ。

私は冷蔵庫を開けて、しらすを取り出しそれを混ぜてやった。ついでに鰹節《かつおぶし》もかけてやる。今度はしぶしぶながらもそれを食べはじめた。

キッチンの椅子に私は座る。その位置から玄関の扉にささった夕刊が見えた。そして新聞紙の陰から覗《のぞ》く、桃色の封筒。

きっと夫宛ての手紙だろう。私は猫がご飯を食べるのを眺めながらそう思った。時々、夫宛てに女性から手紙が舞い込むのだ。差出人はちゃんと書いてある時もあるし、書いていない時もある。同一人物からかもしれないし、複数の女の子からかもしれない。事務所があるのに、わざわざ自宅の方へ、それも決して白い封筒ではなく、いかにもという花柄なんかの可愛らしい封筒で送られてくる手紙。中身は読んだことはないけれど、それはきっと、ただの仕事のお礼であったり他愛ない内容であったりするのだろう。封筒の表には夫の名前が書いてあるけれど、それは私へのメッセージなのだ。夫の妻である私への無言のメッセージ。

あなたの旦那《だんな》さんはもてるのよ。あなたの旦那さんに恋している若い女の子が外には沢山いるのよ。安心してると今に旦那さんを取り上げるわよ。そういうメッセージ。

いっそのこと、本当に取り上げてくれればいいのに。私はそう思いながら頬杖《ほおづえ》をつく。

そしてふと気がついた。

新聞は、新聞屋さんがそれぞれの部屋のポストまで持って来てくれるが、手紙はマンションの一階にある鍵《かぎ》付きのポストの方へ入れられるのだ。ということは、あの封筒は郵便ではない。

私は立ち上がる。夕刊に挟まれたそのピンクの封筒を抜いてみた。宛て名も差出人も書かれていなくて、封もしていなかった。

何だろうと思って、中の便箋《びんせん》を出してみる。それは便箋ではなく無地の白い紙だった。そこにワープロらしい文字が一行だけあった。

――ネコ、カウナ

私はパチンコ台の前に座り、ただじっと玉の行方を見つめている。ドラムが回転し、リーチがかかる。その時だけ視線をスロットに移すが、大当たりは出ない。玉がなくなると、私は千円札を取り出そうと上着のポケットに手を入れた。そうだ。これで両替した千円札は終わりだったのだ。私は財布を持って立ち上がり、両替機に向かった。

「奥さん、今日は突っこんでるねえ」

両替機の所に顔見知りのおばさんがいて、私を見て言った。

「そんなでもないですよ」

私は答える。

「でも朝からずっと、あの台やってるでしょう」

「……まあ、意地になっちゃって」

「分かる分かる。でも引き際も肝心だわよ」

おばさんはそう言って私の肩をぽんと叩いた。私は両替機で最後の一万円札を両替し、自分の台に戻った。

これでいくらこの台に入れただろう。朝一番で店に入って、二時間ぐらいで一回大当りを出した。これはまだいけそうだと思って続けていたけれど、夕方になるというのにそれっきり一度も大当たりが出ない。

六万円か七万円、もしかすると十万円近くかもしれない。私はお財布の中身を次々と玉に換え、弾《はじ》き続けていた。

こんな大金をパチンコにつぎこんでなくしてしまうのは馬鹿なことだと思う。けれど、やめるきっかけが摑《つか》めなくなってしまったのだ。もう一度でいいから、大当たりが出たらやめようと思っているのに、何故出ないのだろう。

再び私はパチンコ台に向かう。時間の感覚が麻痺《まひ》してきた。いったい今は何時頃なのだろう。

そして、あっという間に最後の一万円もなくなってしまった。もうお財布の中には小銭しかない。私は台をキープしておくために持っている百円ライターを上皿に置いて立ち上がった。銀行へ行ってお金を下ろして来ようと思ったのだ。

「まだやる気なの？」

歩きだしたところで、私は声をかけられた。高梨という名前の、あの店員だ。

「悪いことは言わないからさあ。もうやめた方がいいんじゃない」

私は曖昧《あいまい》に微笑んで出口に向かう。彼が私の後をついて来た。自動ドアを出て、並んでいる放置自転車の間をぬって私は歩く。

「ねえ、人の話聞いてんの？」

まだついて来ていた店員に、私は向き直った。

「銀行のキャッシュコーナーって何時までだっけ」

「ちょっとさあ、いいかげんにしなよ」

彼は私の手首を摑んだ。

「店員の俺が言うのも何だけど、あんまりムキになるとやばいよ。あんた、あの台にいくら入れたんだよ。もうやめときなよ」

「じゃあ、私の後に座った人が十連チャンでも出したら、責任取ってくれるの？」

思わず喧嘩腰《けんかごし》に言うと、彼も勢い込んで言い返してくる。

「分かんねえ女だな。親切で言ってやってんのに」

「余計なお世話だって言ってんの」

言い合う私達を、道行く人達が訝《いぶか》しげに眺めていく。

「あーもー、どう言ったら分かってくれんだよ」

彼は大袈裟《おおげさ》に首を振った。私は摑まれた手首の熱さが気になって、彼の腕を振りほどいた。

「何か嫌なことでもあったの？」

彼は突然そんなことを言った。私は目を丸くする。

「そういうお客、多いんだよ。なんか見てて痛々しくってさあ」

私は彼の目をじっと見つめた。彼は戸惑ったように視線をそらす。

「高梨君、私のことが好きなの？」

え？　という感じで彼の視線が私に戻って来た。なんでそういう話になるのかという顔だった。

「私は単なるパチンコ屋の客で、あんたは単なる店員じゃない。それ以上の気持ちがあるならそういうこと言ってもいいけど、別に私のこともっと知りたいとか、キスしたいとか、寝てみたいとか、そういうわけじゃないんでしょう」

彼の頬がかっと赤くなる。何か言いかけた彼を手で止めて私は言った。

「だったら、親切になんかしないで」

私はパチンコ屋のネオンに背を向けた。必死で涙を堪《こら》える。

ルフィオ、と無意識のうちに私は呟《つぶや》いていた。

さっき高梨君に握られた手首を、自分の左手で握ってみた。前にルフィオにも握られたことがあった。あれは確かみどりヶ丘の本屋の前だった。

ルフィオ。ルフィオ。

楽しかったのに。幸せだったのに、何故私はルフィオに会えないのだろう。

何故だろう。

どうして、こんなことになってしまうのだろう。


夕方の混んだバスに乗ったとたん、私は冷静になった。そしてあの店員に言ってしまった台詞《せりふ》を思い出し、顔から火を噴きそうに恥ずかしくなった。

どうしてあんなことを言ってしまったんだろう。

彼はきっと、本当に親切心で言ってくれたのだ。私に対して他のお客よりは好意を持っていてくれたに違いない。もっとうまく立ち回れば、もしかしたら恋愛へと発展したかもしれないのに。

恋愛?

私はバスの吊《つ》り革を握りしめた。

何を考えているのか。今更誰か男の人と恋愛をして、どうするというのだ。

バスは住宅地の中のくねった坂道を上がって行く。並木の向こうにグリーンヒルズのマンション棟が見えてきた。

考えないようにしていたのに、私は夕刊に挟まっていたあの手紙のことを思い出してしまった。誰だろう。あれをうちのポストに入れたのは誰だろう。どう考えてもマンションの人に違いない。柳田さんだろうか。箕輪さんだろうか。それとも隣の佐藤さんだろうか。生協の班の人だろうか。他の階の人だろうか。ああ、やめよう。考えたって仕方ない。バスがグリーンヒルズのバス停に止まる。三分の二ほどの乗客がそこで降りた。私もその波に押されるように、マンションへのゆるやかな坂を上がって行く。

何だかすごく疲れていた。脳に思考のスイッチがあればいいのに。それを全部オフにして、深く眠ってしまいたかった。

平和に暮らしていたのに。疲れることは何もかも排除して、何も考えないようにして暮らしてきたのに。猫なんか飼いたくなかったのに。

マンションの入口を入り、私は上からエレベーターが下りて来るのを待った。やって来たエレベーターの扉が開き、顔だけ知っているマンションの人が下りて来たので、私は機械的に会釈をした。あちらも無言で会釈をする。

エレベーターに乗りこむと、私の後ろから誰か男の人が乗って来た。うつむいていた私はその人の革靴だけを見て「何階ですか？」と聞いた。

「八階、お願いします」

その返事に、私は顔を上げた。

そこには禿《は》げ上がった頭の、丸顔の男がいた。ダニーだった。

「このマンションの人だったんですか」

彼は静かにそう言った。私はどう答えたらいいか分からず、ただエレベーターのパネルに顔を向けていた。思ったよりも自分が冷静なのが不思議だった。

「隣です」

私の台詞に彼は「え？」と問い返す。

「箕輪さんちの隣に住んでる、手塚です」

上昇するエレベーターの中で、私は微笑みさえ浮かべて言った。ダニーの目が大きく見開かれる。そこでエレベーターが八階に着き、扉がとろとろと開いた。成り行き上、私とダニーはいっしょにエレベーターを下りて自分達の部屋の方向を向いた。

「いや、あの、そうだったんですか。ええと、まいったなこりゃ」

彼は顔を赤くして、襟元をぽりぽりと掻《か》いた。

「うち、猫飼ってるんですよ」

私の唐突な発言に、彼は「はあ」と息だけで返事をする。

「猫、お好きですか？」

「え、ええ。子供の頃、田舎で飼ってましたから」

「ちょっと上がっていきません？　猫、見てって下さい」

ダニーはぽかんと口を開けた。

「間取りが同じで家具が違うと、何か変な感じだなあ」

どこかで聞いたことのある台詞をダニーは呟いた。

彼は猫の扱いに慣れていた。ルフィオのように無理矢理抱いたりせず、指先をタビの鼻の先でちょいちょいと動かした。タビの奴はそれだけで突然目を細め、彼の手に顔をこすりつけた。そして彼がソファに腰を下ろしたとたん、ひらりと彼の膝《ひざ》に上った。

私はお茶を淹《い》れてダニーの前に持って行った。どうもどうもと彼は湯飲みを受け取る。

「旦那《だんな》さんは、何時頃お帰りで？」

それだけは聞いておかなくては、という感じでダニーが聞く。

「平日は帰って来ないんです」

「あ、そうなんですか」

「東京に事務所があって、平日はそっちで寝泊まりしてるの」

「そりゃ淋《さび》しいですね」

眉《まゆ》をひそめて彼は言った。私は曖昧《あいまい》に笑う。

「今日は奥様、いらっしゃるんでしょ」

私は壁を隔ててある、彼の家を顎《あご》で示して聞いた。

「いや、泊まりがけのロケとかで樹里といっしょに出てるはずだけど」

「そりゃ淋しいですね」

仕返しのように私は言った。彼はばつが悪そうに首をすくめる。気まずい沈黙が流れだした時、彼のおなかがきゅるきゅると鳴った。私はぷっと噴き出す。

「何か作りましょうか」

「あ、いえいえ。おかまいなく」

「私もおなか空《す》いたし。一人分も二人分も手間はいっしょだから」

「……じゃあ、お言葉に甘えて」

私が立ち上がると、ダニーも腰を浮かしかけた。私はそれを笑って止める。

「座ってテレビでも見てて下さい」

「手伝いますよ」

「今日はいいです」

冷蔵庫を開けながら私は言った。買ってあったうどんの賞味期限を確かめると、もう四日も前に切れていた。私は冷凍庫の方を開ける。小海老《こえび》が冷凍してあったはずだから、それでチャーハンでも作ろうか。

私がタマネギを刻んでいると、テレビの音が聞こえてきた。見るとダニーがスーツの上着を脱いでネクタイを緩め、タビの背中を撫《な》でながらテレビを見ていた。こういう言い方も変だけれど、ダニーとタビはすごく似合っていた。まるで大きなトトロと小さなトトロのように、いっしょにいるのがとても自然に見える。

冷凍してあったご飯を電子レンジで戻している時、そうだ、ロケで箕輪さんと娘がいないのなら、ルフィオはひとりで家にいることになると気がついた。

もう夕飯は食べただろうか。呼んであげたい。いっしょにご飯を食べたい。でも「もう来ないで」と言ったのは私なのだ。それに、彼の父親がいっしょにいることを、どうやって言い訳したらいいか見当もつかない。

私はルフィオのことを頭から追い出すように、中華鍋《なべ》でがしがしとご飯を炒めた。チャーハンといっしょに手早く猫のご飯も用意する。

「できましたよ」

私が声をかけると、ダニーは「はい」と返事をしてキッチンにやって来た。腕にはタビを抱えている。

「はい。タビもご飯だよ」

私はいつものように、テーブルの上に猫と猫のご飯を乗せた。それを見て彼が微妙に嫌な顔をした。食卓に猫を乗せるなんて、と文句を言うかなと思っていたら、彼はそうは言わなかった。

「豪勢だなあ」

テーブルの前に座ると、彼はそう言った。

「ただのチャーハンですけど」

「いや、猫のメシ」

彼は手にしたスプーンで、猫のお皿を指した。

「ああ、なんかこの子贅沢《ぜいたく》で」

最近私は猫用の缶詰に、イカやエビやどうかすると牛肉まで混ぜてあげる時があるのだ。どうせ冷蔵庫にいっぱい入っていて、余らせて捨ててしまうことが多いのだから。

「猫にイカ食べさせると、腰が抜けるって言うでしょう」

「そうなんですか？　どうして？」

「そういえば、どうしてかなあ」

「消化が悪いからかしら」

「コレステロールが溜《た》まるからかね」

そんな話をしながら、私とダニーはチャーハンを食べた。先日のパチンコ屋でのことがまるで一年も前の出来事のように遠く感じられた。とても気持ちが落ちついて、くつろいだ気分だった。

目の前でチャーハンをぱくついている中年男を、私はほとんど知らない。隣の箕輪さんのご主人で、ルフィオの義理の父親だということぐらいだ。けれど、一度寝ている男だ。素性なんか大して知りはしなくても、一回寝たことのある人というのは何となくリラックスする。もしかしたら、あのパチンコ屋の店員とも一度無理矢理にでも寝てしまえば、あんなに緊張せず話せるのかもしれない。では、ルフィオとは？　ああ、いけない。中学一年生の男の子とそんなことをしたら犯罪だ。

「どういうつもりなんですか？」

突然ダニーにそう言われて、私はもの思いから引き戻された。

「え？」

「いや、あの、聞き返されても困るんだけどね」

「はあ」

「……煙草吸ってもいいですか？」

私は頷《うなず》いて、夫が使う灰皿を出してきた。ダニーはワイシャツの胸ポケットからマイルドセブンを出して火を点《つ》ける。私は彼が吐きだす煙草の煙を黙って眺めた。

どういうつもりと聞かれても。

つもりも何も、私にはなかった。ただ成り行き上こうなっているだけなのだし。

返答に困る質問には、質問で切り返すことにした。

「じゃあ、箕輪さんはどういうつもりなんですか？」

私の質問に、彼は突然むせ始めた。顔を真っ赤にして咳《せき》こんでいる。

「大丈夫？」

彼は苦しそうな顔で、何とか頷いた。

「あのね、奥さん」

「奥さんなんて呼び方やめて下さい」

「どうして？」

「団地妻みたいで、いやらしいから」

笑いながら言うと、彼も呆《あき》れたように少し笑った。そして煙草をもみ消すと大きな溜め息をついた。

「どういうつもりも、こういうつもりもないですよ。自分の家の隣の奥さんと、これ以上なんかしたら変態じゃないですか」

変態かあ。そういうのって変態なのかな。結構普通のことだと思うけど。

けれど、私はもう一度この人と何かしたいのかどうか。自分でもよく分からなかった。好きなのかどうか。だいたい私は、誰が好きなのだろう。誰を好きになることが変態ではないのだろう。

「旦那さんとうまくいってないんですか？」

そう質問されて、私は内心舌打ちする。だから大人は嫌なのだ。ルフィオだったら、絶対そんなことは聞かないのに。

「奥さんとうまくいってないんですか？」

嫌なことを言われると私が反復することに彼もやっと気がついたようだ。返事をせずに肩をすくめる。私は空になった食器を流しに持って行った。

「コーヒーでも飲みますか？」

「あ、すいません」

私はコーヒーメーカーをセットして、キッチンのテーブルに戻った。

私は両肘《ひじ》をついて、ダニーの顔を覗《のぞ》きこむ。何故かこの人を前にすると、私は苛《いじ》めてやりたいような気持ちになるのだ。

「箕輪さんの奥さんって、付き合ってた愛人の男の人の子供が欲しくって、男女一人ずつ産み分けを頼んでつくったって聞いたけど、それって本当なの？　それ知ってて、結婚したの？」

背中でコーヒーメーカーがこぽこぽと音をたてている。彼は私の顔をじっと見つめた。

「可愛い顔して、残酷なことを言うんだな」

「本当だったんだ？」

ダニーはぐるりと首を回した。私はその疲れた顔をテーブルに頬をつけて見上げた。よく見ると、そんなにおじさんじゃない。髪があったらもっと若く見えるだろう。

「ああいう女性だからね、女房は」

「うん」

「それで、僕はこういう男だろう」

ボクだって、息子は俺って言ってるのに。

「三十代も後半になってね、ああ、もう僕みたいなぱっとしない男は、一生独身なのかもなって漠然と思ってたわけだよ。そこへ女房が彗星《すいせい》のごとく現われて」

「彗星ねえ」

「僕みたいな男はあんな人から逃げられないよ。毎月そこそこのお金を持って来てくれて、彼女のやることに文句ひとつ言えない男を彼女は捜してたんだ。もう、僕なんかあつらえたみたいにピッタリだ」

ふうん、と私は呟《つぶや》いた。

私はゆっくり立ち上がる。今まで見上げていた顔を、私は上から見下ろした。猫の頭に無意識に手が伸びるように、私は彼の頭に手を触れた。びっくりしたように彼が目を上げる。私もびっくりして手を引っこめた。慌てて私は背中を向けて、コーヒーメーカーのスイッチを切った。

「どうして、人の家のことをそんなによく知ってるの?」

背中でダニーが聞いた。私はカップにコーヒーを注ぎながら答えを考える。マンション中の噂になっていると答えるのは、何だか可哀相な気がした。

「私、蕗巳《ろみ》君と友達なんです」

だからといって、どうしてそんなことが口から出たのか自分でも分からなかった。

「蕗巳と？」

蕗巳というのはルフィオの本名だ。箕輪蕗巳。兄がロミで妹がジュリ。あの母親がつけたのだろうか。ひどい名前だ。

「ええ」

「でも、息子はまだ中学生で……」

「私は主婦だけど、でも友達なの」

友達。私は自分で言った台詞《せりふ》を、胸の中で反芻《はんすう》した。ああ、それっていい響きだ。トモダチ。デモ、トモダチナノ。

ダニーはますます目を見張り、ずいぶん長いこと私を見つめていた。

「君には驚かされることばっかりだな」

やっと出てきた台詞に、私は微笑む。

「蕗巳君は何も言ってなかった？」

言っているわけがないことは承知で私は聞いた。

「いや。うちは夫婦の会話も親子の会話もないから」

自嘲《じちよう》気味に彼は言う。

「冷たいようだけど。何年たっても蕗巳も樹里も自分の子供って感じがしなくてね。でも、蕗巳はいい子だな。あんまり話はしないけど、僕は結構あの子が好きなんだ」

「樹里ちゃんの方は？」

「あの子は、僕なんか馬鹿にしきってるよ」

私はコーヒーカップを持って、ダニーの前に戻る。

「砂糖とミルクは？」

「あ、下さい」

「息子はブラックで飲むよ」

「え？」

そこで玄関のチャイムが鳴った。私とダニーは顔を見合わせる。

「誰だろ」

「ご主人かもしれない」

おたおたとダニーは立ち上がった。

「旦那《だんな》だったら、ベランダから帰ってね」

そう言って私はそろそろと玄関の扉に近づいた。ドアアイから覗《のぞ》くと、そこにはルフィオが立っていた。

どうしよう。

からだ中の毛穴から、冷や汗が浮かぶのを感じた。右脳と左脳が、開けろ、無視しろと反対の命令を出す。私は指一本動かすことができず、ドアアイを覗いたまま固まっていた。

　すると、魚眼レンズの向こうのルフィオが、がくりと首を垂れるのが見えた。そして鉄のドアに向こう側からずしんと鈍い音がした。彼の姿がレンズから消える。

「ルフィオ！」

　私はもう何も考えられず、玄関を開けた。ドアが重い。力いっぱい扉を開くと、ルフィオがドアに凭《もた》れて倒れていた。

「ど、どうしたの？」

　彼はからだを折り曲げ、肩で息をしていた。いや、よく見ると息がうまくできていないのだ。隙間風のような音が彼の喉《のど》から聞こえてくる。顔が真っ青だ。

「どっか痛いの？　どうしたの？」

「……くるし」

「え？　何？」

「……発作で……吸入器がなくて……」

　そこで後ろに人の気配を感じて、私は振り返った。ダニーが私達を見下ろしていた。

「医者に連れて行こう」

　妙に冷静に彼は言った。そして息子の腕を摑《つか》むと、力を入れて立ち上がらせる。私とルフィオの目が合った。

「……なんで、この人が汐美ちゃんちにいるの？」

息も絶え絶えに、彼は私に質問した。私が何か言う前に「その話は後」とダニーはきっぱり言い、引きずるようにして息子をエレベーターに連れて行く。

私は慌てて彼らの後を追いかけた。

財布も戸締まりも靴を履くのも、忘れていた。


そして、秋はいつしか冬に変わっていく。

心なしかタビの毛皮が厚くなり、私も毎日毛糸のカーディガンを着るようになった。

北風がルフィオの耳たぶを赤く染める。ダニーの鼻の頭を赤く染める。

夫がコートやセーターを事務所に持って行き、薄手の服が段ボールで送り返されて来た。

グリーンヒルズの銀杏《いちょう》の木は裸になり、花壇のコスモスは枯れて死ぬ。

私は冬が好きだ。私も死んでしまいたくなる。

このままうっとり目をつぶり、死んでしまいたくなる。

「手塚さん」

声をかけられて、私は目を開けた。私を見下ろす、柳田さんの顔があった。

「こんなところで何してるの？　寒くないの？」

「……ええ、まあ。何か気持ちよくて」

「手塚さんって、面白い人ね」

かすかに微笑みながら、柳田さんはそう言った。そして私の隣に腰を下ろす。しばらく彼女は黙って池を眺めていた。

ここはグリーンヒルズの中にある一番大きな公園で、結構大きな池やフィールドアスレチックの施設もある。買い物の帰りに私はこの公園に寄り、ベンチに座ってぼんやり池の鴨なんかを眺めていて、そのうちにうとうとしてしまったのだ。

空がどんよりと重い十二月の最初の日だ。私は夫がもう着なくなった古いダウンジャケットを着こみ、柳田さんは暖かそうなカウチンセーターを着ていた。

「柳田さんも散歩ですか？」

あんまり彼女が黙っているので、私はそう聞いてみた。

「うん。暇だったから」

「元気ありませんね」

私がそう言うと、少し驚いたように彼女が私を見る。何か変なことを言っただろうか。

「あの？」

「そんなことないわ。いつもと同じよ」

彼女は取り繕うように笑い、そう言った。何となく様子が変だ。まあ、変はいつものことだけど。

そしてまた、私と彼女は黙ったまま冬枯れの公園を眺めていた。どこかで山鳩の鳴く声が聞こえる。

池の向こうに、私が住んでいる棟が見える。その下では件《くだん》の自転車置場の工事が始まっていた。あの建物の八階、右から二番目の部屋が私の家だ。

私はその景色にうっとりしてしまい、瞼《まぶた》が重くなる。眠ってしまいたくなる。ああ、こんな寒いところで眠ったら死んでしまう。雪山じゃないっていうの。

つらつらとそんなことを考えているうちに、私は柳田さんがどうしていつもと感じが違うのかということに気がついた。今日の彼女は無口なのだ。いつもは、何だかんだと不満を口にしているのに。

「柳田さん？」

じっとどこかを見つめている彼女に私は声をかけた。彼女はゆっくりこちらを見る。その目は微妙に焦点が合っていなかった。私は何と言ったらいいか分からなくて困ってしまった。

「私、検査、受けたの」

咄嗟《とっさ》には何のことだか分からなかった。

「手塚さんが、いつか教えてくれた病院行ってみたの」

「ああ、不妊検査？」

「うん」

それっきり彼女はまた黙りこんでしまった。私は面倒なことになったなと思った。泣きだされたらどうしよう。

「どうでした？」

聞きたくはないが、こういう状況で聞かないわけにもいかなくて、私は仕方なく質問した。彼女はゆっくり首を振る。

「夫がね、いっしょに検査受けてくれないの」

抑揚のない声で柳田さんは言った。私はますます言葉に詰まる。

「私は人工授精まで本気で考えてるのに、そんな不自然なことまでして子供つくらなくてもいいじゃないかって言うの」

語尾が震えていた。私は彼女のセーターのトナカイ模様をじっと見た。

「できなかったらできなかったでいいじゃないかって言うのよ。ねえ、ひどいと思わない？　自分は外で好きなことしてきて、私は部屋に閉じこめておく気なのよ。それでお前も好きなことすればいいって言うの。私が欲しいのは赤ちゃんなのに」

彼女は突然からだごと私に向き直った。

「手塚さんの旦那様は？　ねえ、協力してくれたの？」

私はゆっくり首を横に振った。

「そう……手塚さんのところもそうなの」

彼女は涙に濡《ぬ》れた睫《まつげ》毛を伏せた。私は「そろそろ帰りましょう」という台詞《せりふ》を舌の上にスタンバイさせている。言いだそうとしたとたん、柳田さんが目を開けて私を見た。

「手塚さん、何かいいことあったの？」

唐突にそんな質問をされて、私は言葉に窮した。

「……別に何も。どうして？」

「何となく、いつもより幸せそうに見えたから」

ぽつんと柳田さんは言った。彼女の膝《ひざ》に置かれた小さな両手が、寒さで赤くなっていた。

私は急に恥ずかしくなった。

そうだ。私は確かに今、幸せだった。

冬が好きで、うっとりして、凍死してしまいたいぐらいに。


先月、ルフィオが私の部屋の前で倒れた原因は、喘息《ぜんそく》だった。

以前はもっとひどかったらしいが、ここ二年ほど発作が収まっていたそうだ。あの日、タクシーで乗りつけた救急病院でダニーが教えてくれた。

症状はあまり重くなく、応急処置だけで済んだ。私とダニーは、まだ苦しそうなルフィオをタクシーに乗せてグリーンヒルズに戻った。

そして、誰が言いだしたわけでもなかったのに、ごく自然に三人は私の家の玄関を開けた。

ダブルベッドにルフィオを寝かせ、私は一晩眠らず彼のそばにいた。ルフィオは「受験の時も大丈夫だったのに」と悔しそうに呟《つぶや》いた。私はただ黙って彼の髪を撫《な》でた。

まだ子供なのだ。この子はまだ、ほんの子供なのだと私は切なく思った。

その間ダニーは、まるで恋人同士のふたりに遠慮するかのように、ひとりでソファでうつらうつらしていた。

一晩私の家に泊まっていった彼らは、翌日の夕方までだらだらと過ごし、そろそろ母娘が帰って来る頃だと言って自分達の家に帰って行った。

それからふたりは、ちょくちょく家にやって来るようになった。

別に父親と息子と申し合わせて来るわけではないので、どちらかひとりしか来ない時もあるし、鉢合わせすることもあった。けれど、誰も何も言わなかった。もう誰も「どういうつもりなの」とは言わなかった。

「おそーい」

私が玄関の扉を開けたとたん、中からルフィオの声がした。

「肉まん買うのに、どこまで行ってんだよ」

私はダウンジャケットを脱いで、肉まんの袋をルフィオに手渡した。

「マンションの人に会っちゃってさ」

「誰？」

「柳田さん。ここの真下の人」

「知らね。何だよ、冷めちゃってんじゃん」

ルフィオはぶつぶつ文句を言いながら、肉まんを電子レンジに入れている。

「あんまり帰って来ないから、どっかで泣いてるのかと思った」

ジャージの上下というほとんどパジャマに近い恰好《かっこう》でダニーは床に寝そべり、私の顔を見上げてそう言った。私が中華饅頭《まんじゅう》を買いに出たのは、実は三人でやっていた〝水道管ゲーム〟に負けた罰ゲームだったのだ。

集まったところで特に目的や話題があるわけではない私達は、主にゲームをしたりビデオやテレビを見て過ごしていた。ルフィオと私がふたりの時はファミコンが多いのだが、そこへダニーが交ざるとトランプで七並べやダウトをやることになる。ダニーはファミコンがまったく駄目だし、トランプもナポレオンなんかはいくら教えても覚えられない。できるのは小学生でもできるような簡単なカードゲームだけなのだ。

そんな義理の父親を、ルフィオは特に煩わしいとは思っていないようだ。ルフィオはあれから、私とダニーの関係を聞いたりはしない。聞かれないので私も話さない。ダニーも義理の息子に対して、学校をさぼるなとか宿題をやれとか、そういうことは言わないようだ。そりゃそうだ。自分も会社をさぼってうちに来ているのだから。

では、義理の父親と義理の息子は口をきかないのかというとそうでもない。テレビでやっていた相撲を見ながら、ダニーはルフィオに決まり手の解説をしていたし、ルフィオはダニーに大貧民のルールを教えていた。

でも、私がこうして外に買い物に行った時や自分達の本宅に帰った時、ふたりの間に何か私のことについて話し合いがもたれているのかどうかは知らない。

けれど、私は追及したりはしない。私達はまるで水辺に集まる違う種類の動物のようだ。サバンナでは牽制《けんせい》しあっても、ここでは暗黙の了解の下でくつろいでいる。その秩序を乱す者はいない。

「もう一回、水道管ゲームやろうよ」

電子レンジで温めなおした肉まんを食べながら、ダニーが嬉《うれ》しそうに言った。いつもカードゲームはだいたいダニーがビリなのだ。なのに今日は珍しく彼が勝ち、気をよくしていた。私はダニーに負けたことが悔しくてふんと横を向く。

「やだよ。もう飽きた」

私はソファに寝ころんで言う。

「俺も。頭使うのは疲れた」

ちぎった肉まんをタビに分けてやりながらルフィオが言う。ダニーは面白くなさそうに黙りこんだ。

「そうだ、ツインズを見ようよ。誰が借りてくる？」

ソファからがばっと起き上がってルフィオが言う。

「水道管ゲームで決めよう」

「確かテレビで撮ったやつが、まだ消してないと思うんだけど」

ダニーの提案を無視して、私はテレビ台の引き出しを指した。ルフィオがその引き出しを開ける。

「あーあ。少しは整理して入れろよ。汚ねえなあ」

「うるさい」

「汐美ちゃんてさあ、見えるところだけきれいにして、見えないところは掃除しねえのな」

中坊に家事の手抜きを指摘されてむっとする私を、ダニーが取りなすように言った。

「でもまあ、うちに比べれば天国だよ」

「そうなの？」

「うちのババア、何にもしないもんな」

ルフィオはそう答えたとたん、ゴホンとひとつ大きな咳《せき》をした。私はソファからがばっと起き上がる。

「ルフィオ？」

「平気。埃《ほこり》がすごいからむせただけ」

私とダニーは顔を見合わせる。あれから彼は発作を起こしていない。けれど、冬になると発作が起こりやすいと聞いたので、私は心配で仕方ないのだ。

「汐美ちゃん。俺、ココアが飲みたいな。この前作ってくれたインスタントじゃないやつ」

古いビデオのインデックスをチェックしながらルフィオがぶっきらぼうに言った。心配されたのが分かって照れているのだ。私はにやけながら立ち上がる。可愛い奴。

私はキッチンでやかんを火にかけた。時計を見上げると、夕方の四時になるところだった。

「ところで、君達は夕ご飯を食べて行く気なの？」

テレビの前のルフィオと、絨毯《じゅうたん》の上で新聞をめくっていたダニーの背中が、それぞれぎくりと震えた。

「……んー」

「……まあ、どっちでも」

ふたりはもごもごと口ごもる。私は笑いを堪《こら》えた。

「じゃあ食べてってよ。鶏肉、今日中に食べないとあぶないから」

「汐美ちゃんはさあ、賞味期限ぎりぎりのもんばっか食べさせてくれるよね」

ルフィオが憎たらしくもそう言った。けれど、私にご飯を食べて行けと言ってもらえて二人ともほっとした様子だった。まったく変な親子だ。

ココアの前にお米を研いでおこうと、私は水道の蛇口をひねった。水をじゃあじゃあ出していたし、鼻唄《はなうた》も歌っていたので、どこかで聞いたことのあるような音楽がテレビから流れてきたことに私はしばらく気がつかなかった。

「何、これ」

ルフィオがぽつんとそう言った時には、既に遅かった。ダニーもからだを乗り出し、テレビの画面に見入っていた。

「あ、あ」

私は慌てて水道を止め、テレビに駆け寄った。主電源を切ろうとした私の手を、ルフィオがさっと遮る。

「今の何？　汐美ちゃんじゃない？　もう一回見よう」

ルフィオがビデオを戻そうと、リモコンに手をやる。私はそのリモコンを取り上げようとした。

「見ちゃ駄目！」

「なんでー。見せてよ。ああ、驚いた」

「見ちゃ駄目って言ってるじゃない！　どっからそのビデオ出して来たのよ！」

「奥の方に入ってたんだよ。何も書いてないから何のビデオかと思ってさあ」

罪悪感のまったくない顔で、ルフィオは言った。父親の方は、あーびっくりしたとあんまり驚いてない顔で言った。けれど私の顔をじっと見て、「もう一度見せて下さい」と丁寧に頭を下げた。

私はがくりと肩を落とす。見てしまったものは仕方ない。私は摑《つか》んでいたルフィオの手首を放した。

このビデオテープに入っているのは、たった十五秒のフィルムだけだ。ビデオが巻き戻され、もう一度そのコマーシャルフィルムが流れる。

二十歳だった時の私が、ワンピース姿で大雨の中に立っている。そこに大きな犬がじゃれついてくる。私も犬も頭からぐっしょり濡《ぬ》れていた。白いワンピースから下着の線が透けている。大きな口を開けて笑う私。はしゃぐ犬。生命保険会社のテロップ。

「汐美ちゃん、芸能人だったのかあ」

終わったとたん、ルフィオが大きな声でそう言った。私は彼からリモコンを取り上げてビデオを止め、ついでにテレビの電源を切った。

「違うわよ。テレビに出たのはこれだけ」

「いやあ、きれいだったなあ。モデルさんだったのか」

ダニーの台詞《せりふ》に私はしぶしぶ頷《うなず》いた。

一本だけやったテレビコマーシャルの仕事は、夫が撮ったものだ。放映されたのは短い期間だったし、特に話題にもならなかった。私もこのフィルムをそこにしまっていたことすら忘れていたのだ。

かつて、私は確かにモデルだった。しかしモデルといっても、びっくりするほど美人でもスタイルがいいわけでもない私は、主にデパートやスーパーのチラシにお買い得の洋服を着て写るようなモデルだったのだ。

なりたくてなったわけではない。短大時代にそういうバイトをしている友達がいて、私もただのバイト感覚ではじめたのだ。

一応モデル事務所には登録してあったので、たまにチラシではなく女性雑誌の仕事もあった。そういう関係で、私は夫と知り合った。そして彼の頼みで、一本だけコマーシャルに出た。私はこのフィルムを撮った後、夫の恋人になり、結婚し、仕事は一切辞めたのだ。

「きれいだったんだなあ」

ダニーが息子に同意を求める。ルフィオは口の端で少し笑った。

「まるで今は汚いみたいじゃないのよ」

私が厭味《いやみ》っぽく言うと、ダニーは大袈裟《おおげさ》に掌《てのひら》を振って困った顔をした。

「いや、そういう意味じゃなくて」

「じゃあ、どういう意味?」

「感じが変わったなって」

「昔はきれいだったのに、今はこんなんなっちゃってって？」

「いや、だからそうじゃなくて」

「あの服、前に着てたやつだよね」

私がダニーを苛《いじ》めていると、ルフィオがぽつんとそう言った。私はゆっくりルフィオを見た。その横顔は硬い。

そうだった。二人で桜沢まで行った時、私はあのワンピースを着ていた。

ルフィオは無表情のまま、テレビのスイッチを入れる。そして何事もなかったようにまたビデオテープを捜しはじめた。

「ツインズはどこに入ってるんだよ。汐美ちゃんも捜せよ」

ルフィオは怒っているような顔をしていた。

私は突然、強烈な後ろめたさを感じた。このテープはルフィオには見せてはいけなかった。古いテープに映っている私の笑顔は、カメラの向こうにいる夫に向けられたものだ。それをこの子に見せてしまうなんて。

どうしたらいいか分からず、ただ赤面してつっ立っていると、玄関のチャイムが鳴るのが聞こえた。

「ご主人かな？」

またダニーがおたおたと立ち上がる。

「違うわよ」

私が立ち上がると、玄関の外から宅配便ですと威勢のいい声がした。私は判子を持って扉を開ける。

届けられたのは、小さなダンボール箱だった。通信販売会社の箱だ。何が入っているのか、とても軽かった。

私は通信販売で下着でも買ったっけと思った。けれど、よく見ると宅配便の会社の伝票が貼りつけてある。通販会社の宛て名シールではないから、誰かが個人的に何かを送りつけて来たのだ。

宅配便の伝票には、私の住所と名前が書いてあった。汚い字だ。差出人の部分には、同上と書かれていた。ますます何だか分からない。

「何が来たの?」

すっかり落ちつきをなくした感じのダニーが、私のところにやって来る。

「さあ……」

ばりっとガムテープを剝《は》がし、私は段ボール箱を開けた。中には新聞紙を丸めたものが詰まっていて、その真ん中にチョコレートらしき小さな箱が入っていた。蓋《ふた》に何かメモが貼りつけてある。そこにはワープロの文字で「ネコノ、エサ」と書かれていた。

私は息を呑《の》む。震える指で小箱の蓋を開けた。

悲鳴は出なかった。私は箱を放り出して、思わずダニーに抱きついた。

中には、金魚の死骸《しがい》が入っていた。


生協の共同購入では、そろそろお節料理の材料の注文を受ける時期になった。

いつものように生協の荷物を分けながら、班の人達は楽しそうに談笑している。私は何とか笑みだけは浮かべていたけれど、心臓は変なリズムを刻んでいたし、この寒いのに掌にはじっとり汗をかいていた。

誰かが私に、いやがらせをしている。

この前の「ネコ、カウナ」という手紙と、送りつけられてきた赤い金魚の死骸。もしかしたら、この班の中に張本人がいるのかもしれないと思うと膝《ひざ》が震えた。

その上、今日は珍しく箕輪さんが来ているのだ。

彼女は屈託なく笑い声を上げている。班の人達も、普段は箕輪さんの悪口ばかり言っているくせに、いざ本人がやって来るといやに親しげに話していた。

「お正月も樹里の仕事でね、伊豆《いず》まで行って撮影なのよ。お正月ぐらいゆっくりさせてあげたかったんだけど、ほら、学校が休みの時じゃないと、まとまった撮影ってできないから」

団地妻達は、あらまあそうなの大変ねえすごいわねえ、などとお愛想笑いを浮かべている。私は話しかけられないようにと、なるべく彼女から離れて黙々と荷物を分けていた。箕輪さんだろうか。私はちらちらと彼女を見た。何といっても私は彼女の夫と寝たことがあるのだ。いやでも、ばれてはいないと思う。ばれていたら、あんな程度のいやがらせで済むわけがない。

ルフィオのこともあるが、もし自分の息子が、私の家に入り浸っていることを知っていたら、こんな穏やかであるわけがない。

では、班の中の誰かだろうか。私が猫を飼っていることを快く思っていない人がいるのだろうか。でも、誰にも迷惑はかけていないはずだ。タビはほとんど鳴かないし、ベランダまでしか出ないのだから。

それでは誰だ。ああ、柳田さんかもしれない。私が冷たくしたから、その仕返しをしているのかもしれない。だいたい柳田さんって最近目つきが普通じゃなくなってきている気がした。ノイローゼなんじゃないかな。

もしかしたらマンションの人ではなく、夫の恋人の仕業かもしれない。夫に恋人だの愛人だの、そういう人がいるのかどうか私には分からない。けれど、いると思った方がかえって落ちつくのだ。あの人が、マンションに幽閉した妻だけで満足するわけがない。だから、夫の恋人が私の〝妻の座〟を妬《ねた》んでいやがらせをしているのだろうか。だとしたら、とんだお門違いだ。

「手塚さん」

「わっ」

急に後ろから声をかけられ、私はびっくりして持っていたお米の袋を落っことした。おたおたしながら顔を上げると、そこには箕輪さんの笑顔があったので、私はもう一度「わっ」と声を上げた。

「やあねえ、人をお化けみたいに」

お化けより恐いです。

「ねえ、あなた、下の階の柳田さんと親しいの？」

「……親しいってほどでは」

「なんかあの人、変よね」

変、の部分を強調して箕輪さんは言った。私は同意しようかどうしようか迷った。

「突然うちに来てね、手塚さんに聞いたんですけど、子供の産み分けのこと、聞かせて下さいって言うのよ」

げげ。私の名前を出すなよ、柳田。

「あんまり時間なかったんだけど、なんか切羽詰まった感じだったから、ちょっと話を聞いてあげたのね。そしたら、産み分けどころか、子供ができないって相談されちゃって。

まあ、私が行ってた病院を紹介してあげたけど」

私はその時、ものすごく動揺していたのだと思う。そのあまり、自分でも信じられないことを口走ってしまった。

「産み分けしたって本当だったんですか？」

箕輪さんは、その大きな目をきょとんと見開いた。私はしまったと思った。どうしてそんなことを聞いてしまったんだろう。

「何か噂になってるらしいけど」

箕輪さんはものすごく愉快そうに笑い、すぐそこで生協の荷物分けをしている班の人達にちらりと視線をやる。

「本当よ。息子と娘は私の連れ子で、主人の子供じゃないの。二人とも、知り合いのお医者さんに頼んで、産み分けしたのも本当。だって私、どうしても男の子と女の子と一人ずつ欲しかったんだもの」

返す言葉がなかった。そんなことをけろりと言われても、私はどう答えたらいいのだろう。

「秘密でも何でもないのにねえ。みんな、暇なのね」

くすくすと箕輪さんは笑う。私と箕輪さんは、理由もなくお互いの顔を見ていた。彼女の顔には余裕の笑みが浮かんだままだ。まるで何もかも知っているような顔だ。私は視線が外せなくなってしまった。踵《かかと》から徐々にからだが石化していくような気がした。

「ママっ。ただいま」

元気のいい少女の声に、そこにいた人全員が声のする方を振り返った。

長い髪を三つ編みにした女の子が、こちらに向かって駆けて来る。皆その少女に視線を奪われた。

「あら、樹里ちゃん」

「今日は早いのねえ」

「この前、テレビ見たわよ」

奥様方に囲まれて、少女はにこにこと笑った。マシュマロのような肌に、真っ赤なダッフルコート。テレビで見るより、何倍も愛らしい。

その少女がくるりとこちらを向いた。そして母親ではなく、私の顔をじっと見た。

猫のことを言いだされたらどうしよう。私は咄嗟《とっさ》にそう思った。この状況ではもう一度「猫見せて」と言われたらもう断る術《すべ》はない。

「ママ」

少女の顔から微笑みは消えている。彼女は私の顔から視線をそらさず母親を呼んだ。

「お帰り。かぼちゃのプリンが来たのよ。帰って食べましょう」

「うん」

箕輪さんは娘の頭に手を置いた。けれど少女はにこりとも笑わない。まだじっと、私の顔を無表情に見ている。

その冷えた眼差《まなざ》しは、母親にそっくりだった。私は石化が胸の上まで上がってくるような気がした。

ふっと少女が視線をそらした。もう少しで石像になって一生そこから動けなくなるところだった。私は両手で自分の胸を押さえ、息を吐く。

ルフィオとダニーは、あの母娘と家族なのだ。信じられない。四人揃ったら、どういう会話をするのだろうかと私は思った。

電話が鳴っている。

半分石になった重いからだを引きずって部屋に帰りつくと、リビングで電話が鳴っていた。留守番モードにしていくのを忘れたので、電話はしつこく鳴り続けた。

出たくなかった。

どうせ、いい知らせなど私にはないのだ。

鳴り続ける電話機の前に立ち、私はじっとそれが切れるのを待った。タビが出て来て、つっ立っている私の足元でふわっと欠伸《あくび》をした。その呑気《のんき》な様子に、私は苦笑いをする。

そして受話器を取り上げた。

「何だ、いたのか」

夫だった。私はびっくりして言葉が出なかった。彼がこんなにしつこく電話を鳴らす人だとは思わなかった。五回鳴らしても出なければ留守と決めつけて、さっさと切ってしまうタイプだと思っていたのだ。

「何かあったの？」

だから、私は思わずそう聞いたのだ。

「別にないよ。何で？」

「別に。何で？」

夫はそこで少し黙った。小さくポップスが流れている。ざわめきの感じから、喫茶店なのかなと私は思った。そういえば、どうして夫はいつも外から電話をしてくるのだろう。事務所からすればいいのに。ああ、そうか。事務所には恋人がいるのかもね。

「悪いんだけど、正月、ロケになったんだ。セブ島」

ふうんと私は言った。今年もそうだった。タレントの都合でお正月しかロケに行く時間がないとかで、確かメキシコに行ってしまったのだ。

「なんか、死ぬほど忙しいんだ。あれこれトラブルがあってさ」

「そう」

「年内に一回は帰るから。悪いけど正月は実家にでも行ってなよ」

「……いいよ。うちにいる」

「今年もそうだっただろう? それじゃ、俺が落ちつかないよ。何年も帰ってないんだから、たまには帰りなって」

私は返事をしなかった。夫はぐほんと咳払《せきばら》いをして話題を変える。

「ああ、そうだ。聞こうと思ってたんだけど」

「何?」

「うちの隣の家って、箕輪さんって名前だった?」

私は口をぱくぱくさせた。言葉が出て来ないのだ。

何故そんなことを言うの。あなたまで。

「箕輪樹里って子、隣の家の子供なのかね」

「……何で、突然そんなこと聞くの?」

「いや、別にね。子役のリスト見てたら、うちと住所が同じ子がいたから」

「それがどうかした?」

「別に何でもないよ。じゃ、そういう」

私は夫が全部言い終わる前に、すばやく受話器を置いた。「そーゆーことで」はもう沢山だ。

彼は分かっているのだろうか。私の実家は北海道なのだ。そうそう気楽に帰れる距離ではない。暮れの飛行機のチケットが今から取れるだろうか。それに、タビはどうしよう。連れて帰れるだろうか。

タビがスフィンクス座りをして、私の顔を見上げていた。そのマスカット色の瞳《ひとみ》を、私もじっと見つめる。

「飛行機、乗りたい？」

タビは首を傾げた。私もいっしょに首を傾げる。

私はキッチンの椅子に腰掛け、来週分の生協のカタログを手に取った。

伊達《だて》巻き、きんとん、くわい、海老《えび》。

確か箕輪さんは、お正月は伊豆でロケだと言っていた。ということは。

私は赤ペンで鏡餅《かがみもち》に印をつけた。

中学一年生の男の子には、お年玉はいくらぐらいが相場なのかなと私は考えた。

生協のカタログの上に、ぽつりと雫《しずく》が落ちた。

私はあの子が、好きだ。

どんなに否定したところで、私はルフィオに恋をしている。たとえあの子が、まだほんの子供であっても。

好きな人と過ごすお正月。考えるだけでからだがとろけそうだ。

なのに、どうして涙が出るのだろう。

私は、ルフィオが欲しかった。他人のものなのが悲しかった。
そして私も、ルフィオのものでなく、夫のものなのだ。
こんなに苦しいのは、どうしてなんだろう。

第三章　こどもとねむる

年が明けると、また一本ローラ・アシュレイのオードトワレが増えた。

これでとうとう一ダースだ。一本一本その花柄の瓶が増えていく度、私は夫という人が分からなくなった。

律儀なのか、鈍感なのか、優しいのか。

私はみどりヶ丘にある都市銀行の支店で、記帳を済ませた通帳を眺めている。

結婚してから六年間、毎月二十五日になると十五万円のお金がきちんきちんと振り込まれている。そして、その日か翌日のうちには私の手によって十四万円が下ろされていた。残りの一万円は自動引き落としの定期預金で、いわゆるヘソクリというやつだ。最初の数年は順調に貯まっていたのだが、パチンコをはじめてから少し手をつけてしまって今は五十万ほどだ。

マンションのローンや水道光熱費は、夫の口座から引き落とされている。だから私は自分の家の水道代やガス代がいくらかかっているのか知らないのだ。夫が毎月私に支給する十五万円というお金は、私が日常にする買い物の代金だ。足りなくもないし、特に贅沢《ぜいたく》できるわけでもない絶妙の金額だ。

もっと振り込もうかと、夫は聞いてくれたこともあった。けれど、私は少し考えて断った。それ以上多くても、何に使ったらいいか分からない。

私は自動引き落としの一万円以外は、毎月のお手当てをほとんど全部使っていた。高い服を買うわけでもないし、どこかへ誰かと遊びに行くわけでもない。だからもっと貯金しようと思えばいくらでもできたのだが、私は半分むきになって銀行から下ろした十四万円を消費していた。余らせて腐らせてしまう大量の食料品を買って。

私はダウンジャケットのポケットに、下ろしたお金をしまって銀行を出た。月の晴天の空は透明な青だ。天気は良くても空気はきっぱりと冷たい。私は歩きながら、買い物の段取りを考えた。

まずファミコンのソフトを買って、それからデパートですき焼き用の牛肉を買って、予約してあったケーキを受け取って帰ろう。考えてみれば、すごい出費だ。今月は定期預金に手をつけなくてはならないかもしれない。

明日はルフィオの誕生日なのだ。

息子の誕生日だというのに、母親はあいかわらず娘と仕事に行くらしいので、私とダニーで誕生日会をすることにしたのだ。

ルフィオは明日で十三歳になる。

彼はまだそんな歳なのだ。私との差は十五だ。

十五歳。それはあまりにも離れている。恋愛に年齢差は関係ないとはいうが、程度というものがある。もし私が四十五歳で、仕事のキャリアや美貌《びぼう》や人間としての魅力を兼ねそなえているのだとしたら、十五年下の三十歳の男性と恋愛をしてもいいかもしれない。いや、本人達がよくても、それでもやはり世間の人はこっそり囁《ささや》くのだろう。その十五という歳の差を指し、若い子をたぶらかしていると。

そして現実の私は、自分でも感心するほど何も持っていない、ただの専業主婦だ。十五も差のある男の子を好きになっても、希望は何もなかった。もしこれが五歳ぐらいの差なら、玉砕覚悟で恋心を打ち明けているかもしれない。けれど、相手が十三歳では、さすがに恋の告白をするわけにはいかない。あまりにも彼が可哀相だ。

発想を変えてもみた。

そんなに彼が欲しいのなら、自分の養子にするのだ。例えば私とダニーが結婚したら、彼は私の息子になる。そうしたら、大手を振っていっしょに暮らせるではないか。

けれど、それはどう考えても無理な発想だった。あの箕輪さんが周到に手に入れた「都合のいい夫」をそう簡単に手放すわけがないし、もしダニーを奪えても、箕輪さんから息子が奪えるとは思えない。それに、もしダニーと結婚するのであれば、私は離婚しなければならないのだ。

どう考えても無理だけれど、もし色々な障害を乗り越えて、ダニーと結婚しルフィオを養子にしたとしよう。でもそうしたら、私は彼の母親なのだ。彼は近い将来、同年代の女の子と恋をするだろう。そして親に内緒で初体験をし、やがてちゃんとした恋人をつくり、成人して働いて、私ではない誰かと結婚をするのだ。そして私から離れていくのだ。そのことに私は「おめでとう」と言わなければならないのだ。

いや、このままの状態でも結果は同じだ。私は隣の家のおばさんとして、ルフィオが成長していくのを黙って見ていかなければならない。

ルフィオはいずれ離れていく。

それはもう、避けようもない事実だった。

みどりヶ丘の商店街を、私はそんなことを考えながらとぼとぼと歩いた。例のパチンコ屋の前を通りかかり、私は立ち止まる。もうあの自動ドアを入る勇気は私にはなかった。

私はあの高梨という店員を、好きだったのだろうか。自分のことなのに、私にはよく分からなかった。

本当に誰でもよかったのかもしれない。

優しい言葉をかけてくれて、楽しい気分にさせてくれる人なら、誰でもよかったのかもしれない。だから私は、ダニーと寝たのだ。誰でもいいから、私に触れてほしかった。

店員の高梨君なら五歳違いだった。どうして私は彼にちゃんとアプローチしなかったのだろう。彼とならちゃんとした恋愛ができたかもしれないのに。何故彼とではなく、ダニーと寝たのだろう。

そして何故、誰でもいいはずなのに、私はルフィオが好きなのだろう。本当に誰でもいいのなら、十五も差のある男の子なんかわざわざ選ばなくてもいいはずだ。

男であれば、私を構ってくれる人ならば、誰でもいい。その〝誰でもいい〟中から、何故私はルフィオだけをこんなにも求めているのだろう。

分からない。

ただ分かるのは、こんなにもルフィオが好きだということだけだ。ルフィオのことしか考えられない。ルフィオしかいらない。もう何もいらないのに。

私は息を吐いてのろのろと歩きだす。こんな所にいつまでも立っていたら、高梨君に見つかってしまう。もう私は恥ずかしくて彼の顔を二度と見られない。

足取りが重いのは、悩みが重いせいだけではなかった。強烈に睡眠不足なのだ。

最近私はまた眠れなくなってきていた。

お正月はよかった。ルフィオとダニーでお節を食べ、正月番組をだらだらと見て、三人とも昼も夜もぐうぐう寝ていた。

三が日が終わって、箕輪さんと娘が帰って来ると、ふたりは本宅の正月のために帰って行った。そのとたん私は眠れなくなった。

ルフィオの学校がはじまる頃、また生活は以前のように戻った。ルフィオもダニーも三日に一度は顔を見せた。けれど私に、心地よい睡眠は戻らなかった。

私は寝ても覚めても、ルフィオのことばかり考えている。

今頃学校で授業を受けているのだろう。今頃お昼を食べているのだろう。そろそろ学校が終わる時間だから、あと一時間ほどで現れるに違いない。私はそう思って、いそいそと部屋を片づけたり、夕飯の下ごしらえをしたりした。

けれど、ルフィオは毎日来るわけではない。彼はどういう基準で、私の家に来る日と来ない日を決めているのか私には分からなかった。続けて三日来る時もあれば、二日続けて来ない時もあった。夕方チャイムが鳴らされて、ドアアイのレンズにダニーが映っていると私はがっかりした。

私は「来る日を決めてほしい」ということさえ、ルフィオに言うことができなかった。私の家なんだし、彼らは人の家のご飯をただで勝手に食べて行くのだから、そのぐらいのことを言う権利は私にはあるのだ。けれど、私はそれでルフィオの機嫌を損ねるのが恐かった。

十五歳も年下の男の子にこんなにも思い詰め、こんなにも卑屈になっている自分が私は恐かった。

私はルフィオと違って、二十八にもなる大人なのだ。人妻なのだ。私の方が、余裕を持ってルフィオに接していかなければいけないのは分かっている。溢《あふ》れて零《こぼ》れそうな感情を抑制しなければならないのは私だ。我慢しなければならないのは私だ。

いったい私は、いつまで自分を保っていられるのだろうか。

重い気持ちのまま、私は商店街の中のおもちゃ屋で新発売のファミコンソフトを買った。そしてデパートに向かう。デパートのお肉屋さんは高いけれど、いいお肉が置いてあるのだ。

デパートの前は小さな広場になっていて、噴水のまわりに花壇とベンチがぐるりと丸く置いてある。冬の午後の日溜《ひだ》まりの中で、何組かの親子が遊んでいた。その公園をデパートに向かって歩いて行くと、私はベンチに知った顔の女の人を見つけた。柳田さんだ。

三メートルほど手前で、私は立ち止まる。そして息を飲んだ。

知らない人が見たら、特に彼女の様子はおかしなものには見えなかっただろう。彼女はベンチの端にきちんと座っていた。服装も髪形も変なところはない。けれど、彼女の右手は、ベンチの横に置かれた乳母車にかかっていた。そして彼女は時折乳母車を覗《のぞ》きこみ、にっこりと微笑んでいる。

私はそっと方向転換をし、来た道を戻って別の入口からデパートに入った。胸がどきどきしている。あの乳母車の中には、何が入っているのだろう。

もしかしたら、誰かの赤ちゃんを預かったのかもしれない。あるいは、子犬でも買って乳母車に乗せているのかもしれない。

けれど、私は恐かった。

私には彼女がまともには見えなかった。

しかし、空の乳母車を押して歩くのと、十三歳の男の子に本気で恋をするのと、どちらがより異常だろう。

どれほどの違いもない。あれは私だ。

私は地下の食料品売り場に下りるエスカレーターに乗った。踏みだした足も、エスカレーターの赤いベルトに置いた手もかすかに震えている。

こんなことで、生きていけるのだろうか。

生きていくために、私は死んでいたのに。何も望まず、ぴくりとも動かず、水面《みなも》に石を投げ入れたりせず暮らしてきたのに。

何故こんなことになってしまったのだろうか。

どうして十五歳も差のある男の子なんか好きになってしまったのだろうか。どうしてうちには猫がいるのだろうか。どうして金魚の死骸《しがい》なんか受け取らなくてはならないのだろうか。どうして私には赤ちゃんができなかったのだろうか。

どうして。

どうして私のドレッサーには、同じ香水が一ダースもあるのだろうか。

誰か助けて。

翌日、ルフィオとダニーはそれぞれ学校と会社をさぼって朝から家にやって来た。

真っ昼間からものすごい量のすき焼きと巨大なバースデーケーキを食べた私は、食べすぎで苦しくて床に寝ころがっていた。ソファではダニーもますます大きくなった腹を上に向けている。食べ盛りのルフィオだけが、新しいファミコンソフトを喜々としてやっていた。

「汐美さん、胃薬ないかなあ」

弱々しい声が、ソファの上から聞こえてきた。

「あるけど苦しくて取りに行けない」

「どこです？」

「電話台の一番下の引き出し」

よたよたとダニーが立ち上がると、ルフィオがコントローラーを持ったまま、ちらりとこちらを見た。

「ジジイにババア」

けっとルフィオは厭味《いやみ》に笑う。

「しょうがないじゃないのよお。本当に苦しいんだもん」

「あれしきで、だらしねえな」

「何よ、ひとりで若いと思って」

お肉もケーキも、ルフィオが一番量を食べた。なのに彼はけろんとしている。あの細いからだのどこに、あの大量の食料が入っていったのだろう？私は不思議に思った。

「汐美さんも飲んどいたら」

キッチンで胃薬を飲んでいたダニーが、私にそう聞いた。うーんと唸《うな》っているうちに、ダニーはコップに汲《く》んだ水と胃薬を私のところまで持って来てくれた。

「でもさ、ルフィオって食べるわりには大きくなんないよね」

私はのろのろと起き上がり、ダニーからコップと薬を受け取りながら言った。

「うるせえな。これでも少しは身長伸びたんだよ」

「そうお？」

「計ってみようぜ」

ルフィオはコントローラーを放り出し、仏頂面で立ち上がった。私も重いおなかを庇《かば》いながら立ち上がり、裁縫箱の中からメジャーを出してきた。

食器棚の側面にルフィオを立たせ、私はチャコペンシルで印を付けた。食器棚の上で丸くなっていたタビが不思議そうに私達を見下ろしている。ルフィオにメジャーの下を持たせて、私は印までの長さを計った。

「163センチ？　なあに、私といっしょじゃない」

「あ、そうなの。じゃあ、春には汐美ちゃんを追い抜くな」

ルフィオは勝ち誇ったように笑った。そういえば、以前ゲームセンターで向き合って立った時、視線が私より低かった。なのに今は同じ高さに視線がある。私は何やら複雑な気分になった。

「163センチなら、僕もそうだ」

そこでダニーがのんびりと言った。私とルフィオはソファを振り返る。

「父ちゃん、身長それしかないのー?」

「お前、口のきき方に気をつけろよ」

「だってさあ。チビだチビだとは思ってたけど」

「そのうち伸びるかなって思ってたら、四十三になっちゃったんだよ。お前だって分かんないぞ。ここで頭打ちになる可能性だってあるんだからな」

「俺は父ちゃんと血が繋《つな》がってないから大丈夫だもん」

義理の父親と義理の息子が結構きわどい会話をしているその横で、私はメジャーを手に持ったまま固まっていた。

今、ダニーは何と言った? 四十三歳だって言わなかったか?

「汐美ちゃん? どうかした?」

ルフィオが私の顔を覗きこむ。

「……四十三」

私が呟《つぶや》くと、ダニーが恥ずかしそうに笑った。

「いやあ、どうも年齢より老けて見られちゃって」

「だろうなあ。俺だってさ、初めて父ちゃんに会った時、三十代だって聞いてショックを受けたもん」

「そんなに老けてる？」

「もう少し痩《や》せれば？　そうだ、身長が三人いっしょでもさ、体重は違うよなあ。面白いから計ってみようよ。汐美ちゃんと俺とどっちが体重あんのかな？」

ルフィオの楽しそうな問い掛けに、私は返事をすることができなかった。

私はダニーはもう五十歳近いと思っていたのだ。四十三だなんて。それじゃあ私との歳の差は……十五じゃないか。

「体重計どこ？　風呂場《ふろば》？」

ルフィオが私に聞く。私はかろうじて頷いた。ルフィオが風呂場に行ってしまうと、私はそこにぺたりと座りこんだ。

そうだ、私はダニーと寝たではないか。十五歳違いのダニーと寝ることに、抵抗などなかったではないか。別に私とダニーが寝ても年齢的には変態でも何でもない。十五の差も、男の人の方が年上であれば何の問題もないのだ。それなのに性別が逆転するだけで、何故異常なことになってしまうのだろう。

それとも、異常だというのは、私の勝手な思いこみなんだろうか。

私は、ルフィオと、寝ても、いいのだろうか。

「汐美さん？」

私の様子がおかしいことに気がついたダニーが、訝《いぶか》しげに私を見た。私は戸惑っている。混乱している。

チャイムが鳴った。

私はそれでもぼうっと自分の家の家具や電気のかさや、食器棚の上で丸くなる猫を見ていた。

「汐美さん。誰か来ましたよ」

チャイムが鳴ると、ダニーは必ず落ちつきをなくす。もう何度も家に来ているくせに。

もう一度、チャイム。

出なくっちゃと思っているのに、私のからだは動かなかった。もうチャイムはうんざりだ。どうせ近所の人がくだらない用事を持って来るか、宅配便のおじさんが夫の衣類か死んだ金魚を持って来るのだ。もうたくさんだ。

「放っておこう」

私は吐き捨てるように言う。ダニーが何か言いたげな顔をした。

その時だった。外側からカチャカチャと玄関の鍵《かぎ》を開ける音がしたのは。そしてあっという間に扉が開かれた。

「なんだ汐美、いるんじゃない」

思わず玄関まで走り出た私の前に、夫が立っていた。

私は言葉を失った。思考回路がショートし、頭の中が真っ白になった。

「汐美ちゃん、俺ね、五十三キロ」

私の背中で洗面所のドアが開く。はしゃいだルフィオの声。振り返ると彼は、正確な体重を計ろうとしたのか、グンゼの白いブリーフ一枚だった。

ぽかんと口を開けた夫とルフィオ。私は彼らの顔を交互に見た。振り返るとダニーが、ベランダにあるクーラーの室外機の陰に隠れようとしていた。私は大きく息をひとつ吐いた。

「お隣の息子さんの、誕生会をしてたの」

私の言葉に、夫は目をぱちくりさせた。けれど彼は、三十秒もたたないうちに見事に営業用の笑顔を作った。そしてパンツ一枚でつっ立っているルフィオに「いらっしゃい」と言った。

帰ろうとしたルフィオとダニーを、夫は引き止めた。

「ちょっと物を取りに来ただけなんですよ。三十分ぐらいでまた出かけないといけないから。ゆっくりして行って下さい」

ダニーは私の顔をちらりと見てから、開き直ったように大人の笑顔になった。それじゃあ遠慮なく、といつものソファに腰掛ける。ルフィオは不機嫌顔のまま、タビを抱いて床に座りこんだ。

「あなた、何か食べて行く？」

私はキッチンからそう声をかけた。

「うん、いいよ。本当にすぐ出かけないとならないんだ。ええとね、実印がいるんだけど出してくれない？　あ、あとね、ポール・スチュアートの縞《しま》のセーター、持って行きたいんだけど」

「……はい」

私は寝室に実印とセーターを取りに行く。リビングから、夫とダニーが談笑する声が聞こえてきた。いったい何を話してるんだろう。

どうして夫は突然帰って来たのだろう。いつもは電話一本ぐらいはよこすのに。それにダニーはどうしてあんなに冷静なんだろう。夫が引き止めたって、帰ってくれればよかったのに、何が「じゃあ遠慮なく」よ。遠慮してよ、遠慮。

ああ、それにルフィオ。ルフィオはどう思っているだろう。どうもこうもないか。私が結婚していることは、最初から分かっていたことなんだし。

いったいこの場をどう乗り切ればいいのか、まるで考えられなかった。

私は夫に頼まれた物を紙袋に入れて、リビングに戻った。ルフィオだけが視線をちらりと私に向けた。

「そうですか、あのコマーシャルも旦那《だんな》さんの会社で」

「ええ、そうなんですよ」

「いやあ、素晴らしいお仕事ですね」

「とんでもない。しがらみばっかりで大変ですよ」

夫とダニーは仕事の話をしているようだった。私は紙袋を持ったまま、リビングの入口に立っている。

「じゃあさ、汐美ちゃんのコマーシャルを撮ったのおじさんなの？」

壁に寄り掛かって黙っていたルフィオが、ふいにそう言った。私は持っていた紙袋をぽとりと落とす。

「ああ、あれ見たのかい？」

夫はあくまで明るい。ルフィオは質問しておいて、ぷいと横を向く。

「汐美もあの頃は、もう少し痩《や》せてたよなあ」

わははと夫が大きな口を開けて笑う。あとの三人は、それぞれそっぽを向いて黙っていた。

「さて、そろそろ……」

夫はその空気を感じ取ったのか、気まずい感じで立ち上がった。

「あ、そうだ。箕輪さん」

夫は歩きかけて足を止めた。

「娘さんの樹里ちゃんですが」

ダニーとルフィオが顔を上げる。

「今度、うちで作るコマーシャルのオーディションを受けられたでしょう。それ、樹里ちゃんに内定しましてね」

夫は私の足元に落ちたままだった紙袋を拾い上げた。

「二、三日のうちに、正式にご連絡差し上げると思います。いや、お隣の娘さんとお仕事することになるなんて、何となく嬉《うれ》しいですね」

ダニーは何か言おうとして口を開けた。けれど何も言葉にならなかった。夫はそれを、少々意地悪そうな顔で見た。

「じゃ、汐美。突然で悪かったね。今週は帰って来られないけど、来週の土日は帰れると思うから」

夫は玄関で靴を履きながらそう言った。そしてドアを開けてそこを出て行く。

部屋には、私達三人が残された。

ついさっきまで、はしゃいで笑い転げていた私達。けれど、もう誰も笑わなかった。

ルフィオが立ち上がる。そして私の前をすたすた通り過ぎ、スニーカーを履いた。

ドアが開く。ドアが閉じる。

ルフィオがいなくなった。


私はキッチンテーブルの前に、ただ座っていた。冬の夕暮れが窓から忍び込み、部屋の中は色を失いつつあった。

ダニーは汚れた皿や鍋《なべ》を洗っている。私はその背中をただぼんやりと眺めていた。彼にはやや派手な色のセーターは、ダニーがうちに来た時に着るためにみどりヶ丘のスーパーで買ったものだ。ダニーは家に帰る時、そのセーターを脱いでいく。

寝室の大きなタンスの一番下の引き出しは、今やルフィオとダニーの衣類でいっぱいになっていた。その服を洗濯するのは、もちろん私だった。

いつの間にか水の音は止み、ダニーが私の前にお茶の入った湯飲みを置いた。彼は座る前に、キッチンの電気の紐《ひも》を引っ張った。家の中でキッチンだけが、スポットフイトを当てたように明るくなった。

私とダニーは、向き合ってお茶を啜《すす》った。ヒーターの音だけが妙に響いている。

「すまなかった」

ぽつんとダニーがそう言った。私は湯飲みを置いた。

「何が？」

どうして彼が謝るのか、私には分からなかった。

「何がって……まずかっただろう。まさか旦那さんが突然帰って来るなんて」

うつむいたまま、ダニーは小さく言った。常識的な意見だった。確かにその通りだ。でも、そんなことを言うなら、何故あの時すぐ帰ってくれなかったのだろう。

「いいよ。だって、今にこういうこともあるかもしれないって思ってたもん」

ダニーは顔を上げる。天井から食卓に下がった電灯が、彼の顔をオレンジ色に照らしている。薄くなった頭のてっぺんに、私はかつらをのせたところを想像した。うん、それなら確かに四十三歳に見えるだろう。

「ねえ、アデランス買ったら？」

私は思わずそう言った。彼はすごく嫌な顔をした。

「真面目な話をしてるんだけどね」

「私だって真面目に話してるよ」

「じゃあ、かつらの話は後にしよう」

ダニーは大きな溜《た》め息をつき、テーブルの上で頭を抱えた。ほら、そのてっぺんが薄い

のよ。トリプル増毛法で、

「もう、こんなことはやめよう」

私の妄想を断ち切るように、ダニーははっきり言った。

「もう汐美さんに迷惑はかけられない。僕達はもう来ないよ」

「迷惑なんかじゃない」

「旦那さんが帰って来た時、君はすごく迷惑そうな顔をしたよ」

私は視線を落とす。足元にはタビが寝そべっていた。

「こんなことを言うのは勝手だとは思うよ。僕と息子は、君の家にずかずか上がり込んで、図々《ずうずう》しく飯を食って、君に甘えるだけ甘えてた」

あーやだ。だから大人は嫌なのだ。どうして楽しかったことを反省したりするのだろう。

「君は旦那さんが、好きなんじゃないか」

ダニーは責めるような口調で言った。

「すぐ分かったよ。汐美さんは旦那さんに構ってもらえなくて淋《さび》しいんだ。それで僕や息子を受け入れたんだ。本当は旦那さんにしたいことを僕達にしてるんだ。料理を作ったりゲームをしたり」

私はテーブルを拳《こぶし》で思い切り叩《たた》いた。タビがびくっと顔を起こす。湯飲みが倒れて、残ったお茶がテーブルに広がった。ダニーも私も、零《こぼ》れたお茶を拭《ふ》こうともせずお互いの顔を見ていた。

「見当違いなことを言わないで」

私は絞り出すように、それだけ言った。ダニーは首を振る。そしてダスターを持って来ると、湯飲みを起こして零れたお茶を拭いた。

「じゃあ、どうして君んちの冷蔵庫はいつもいっぱいなんだ」

ダスターを流しに置いて、彼はこちらを振り向く。

「僕と息子のためじゃない。旦那さんがいつ帰って来てもいいようになんだろう」

「違う」

「そうだよ。君はいつも旦那さんの帰りを待ってるんだ。どうして突然帰って来てたった二十分でまた出掛けて行くのを責めないんだ。僕達がいたからか？」

ダニーの口調は、まるで罪人を尋問しているようだ。私は喉《のど》までこみ上げている反論を吐き出せず、震える両手を握りしめている。

「実印だって？　セーターだって？　時間がないんだって？　どうして理由を聞かないんだ。旦那さんだっておかしいよ。隣の家の奥さんが遊びに来ているならまだしも、親父と息子が来てるんだぞ。それも平日の昼間に。どうしてあの男はにたにた笑ってるんだ。おかしいじゃないか。どうして君はあんな旦那の言いなりになっているんだ」

私は立ち上がった。ダニーの薄い頭を見下ろす。

「帰って」

彼は私を黙って見上げている。

「見当違いだって言ってるでしょう。これ以上変なことを言うなら、二度とうちに入れないから」

「もう来ないよ」

ぽつんと彼は言った。

「蕗巳の成績が下がってるんだ」

耳の中がじんじんと痺《しび》れていくような感じがした。この人は何を言ってるんだろう。学校をさぼっていることを黙認していたのは、ダニーではないか。今更何を父親みたいなことを言い出すんだろうか。

「僕は子供の成績なんて適当でいいと思ってるよ。でも、女房はそうじゃない。分かるだろう?」

顔の前で掌《てのひら》を組み、ダニーはうつむいた。

「成績がガタ落ちになったことで、女房が蕗巳の様子がおかしいことに気づきはじめてるんだよ」

「ダニー……」

彼はゆっくり顔を上げた。

「僕はダニーなんて名前じゃないし、息子もルフィオなんて名前じゃない。汐美さん、現実を見なきゃ駄目だ」

膝《ひざ》が震える。私は静かにキッチンの椅子に腰を下ろした。

「僕が蕗巳を心配してるのは成績のことじゃない。あの子はまだ十三なんだ。でも、学校に友達がいる様子がない。クラブもやっていないし、塾もさぼって行ってない」

ダニーはゆっくり立ち上がり、私のそばにやって来た。そして小さな子供にするように、そっと頭に手を置いた。

「隣の家のおばさんと仲良くなることが悪いことだとは言ってないんだ。ただ、今の状態じゃあ、それを秘密にしなくっちゃならないんだろう。十三の子供には重すぎる秘密だよ」

では、私にどうしろと言うのだろうか。秘密だったからこそ、三人とも心からくつろげたのではなかったのか。

ダニーは私の頭から手を離し、憐《あわ》れむような目で私を見下ろした。

「今日はとりあえず帰るよ」

不倫をしに来ている親父のような台詞《せりふ》を残し、彼は部屋を出て行った。日が落ちて真っ暗になった部屋の中の、食卓のスポットライトの中に私とタビが取り残された。

現実を見ろとダニーは言った。

私は足元で大きな欠伸《あくび》をするタビを見た。

箕輪母娘がやって来たのは、朝の八時だった。

私はあれから何度かの眠れぬ夜と、眠りっ放しの昼間を過ごし、日にちと曜日の感覚も薄れ、お風呂《ふろ》に入ったのもパジャマを替えたのもいつだったか分からなくなっていた頃だった。

チャイムの音に私はベッドからのっそり起き上がった。明け方ようやくウトウトしはじめたので、まだろくに眠っていない。けれど、私は頭を振って玄関まで歩いて行った。ルフィオだったらいいなとぼんやり思いながら、私は扉を開けた。すると、そこには箕輪さんと娘の樹里が立っていた。

「あら、まだお休みだった？」

箕輪さんは黒のタートルネックのセーターで、いつもより化粧が薄かった。そのせいか、とても若く見える。隣で黙って立っている娘は、これから学校へ行くらしく、紺色のピーコートにフランスの女学生が持つような革の鞄《かばん》を持っていた。

「朝早くごめんなさいね。夕方から撮影で、帰りが何時になるか分からないものだから」

私は黙って彼女の顔を見る。ルフィオかダニーのことを言いに来たのなら、こんなに表情が明るいわけがない。いったい何をしに来たのだろうと思ったとたん、この前、夫が言っていたことを思い出した。

「手塚さんの旦那《だんな》様って、テヅカ・クリエイトの手塚さんだったんですね。私、びっくりしちゃって」

箕輪さんは、いつもの意地悪そうな笑顔ではなく、営業用と思われる愛想笑いを私に向けている。

「樹里が今度、いっしょにお仕事させて頂くことになりましてね。それで一応奥様にもご挨拶《あいさつ》をって思って」

私が何も答えないので、箕輪さんは少し笑顔のトーンを落とす。

「旦那様に聞いてませんでした？」

「……主人は仕事の話は家ではしないので」

「まあそう。そうね、どこのお宅でもそうよね。うちの主人だってたまに顔を合わせても話なんか全然しないし」

「そうなんですか」

「そんなことより、ほら、樹里」

箕輪さんが娘の肩を軽く叩く。まるでそれが芝居のスタートの合図のように、無表情だった顔に笑みが広がった。

「これからも、よろしくお願いします」

やや舌ったらずな感じで、娘はそう言った。

「主人の仕事のことは、私には関係ないから」

力なく言うと、その子はすっと笑顔を引っこめた。そして母親を見上げる。

「ママ。遅刻するから、あたしもう行く」

「そうね、行ける時はちゃんと行かないとね。五時間目が終わる頃に迎えに行くから」

こくんと頷《うなず》くと、その子はエレベーターの方へ駆けて行った。それをきっかけに私も玄関を閉じようとすると、箕輪さんが慌てて声をかけた。

「手塚さん、待って。これこれ」

手に持っていたスーパーの袋を、箕輪さんは私に差し出した。首を傾げつつそれを受け取ると、中身は生協に頼んであったハムや牛乳だった。

「あ、昨日……」

昨日は木曜日で生協の日だったのだ。私にとって唯一の用事だった生協を忘れてしまうなんてと、しばし呆然《ぼうぜん》とした。

「すみませんでした」

「いいえ。いつもうちのを預かってもらってるんだもん。でも珍しいわね。どこか出かけてらしたの？」

「……ちょっと体調が悪くて」

「あら、そうなの。ごめんなさい」

私は早くベッドに戻りたかった。箕輪さんと話をするほどのパワーは今の私にはない。この人と話していると、どんどん精気を吸い取られるような気がした。

「手塚さんのご主人ってハンサムね」

私がドアを閉めようとした時、箕輪さんはゆっくりそう言った。私は手を止める。

「何度かお会いして仕事の話をしてね、お隣に住んでることが分かって本当にびっくりしたわ」

ああ、そうですか。気に入ったんなら持って行って下さい。

「事務所の人達とも何度かお食事したんだけど、ええと、川田さんとか上野さんとか、お会いしたことある？」

私は首を振った。

「主人の仕事のことは、私は全然知らないんです」

「まあそう」

腕を組んで、箕輪さんは唇の端を上げて笑う。

「あなた、お姫様なんですってね」

私は黙って彼女の顔を見た。

「事務所の人達が言ってたわ。手塚さんは昔、ものすごい美人のモデルに手を出して、誰にも取られないように、さっさと結婚してお城に隠してるって。伝説のお姫様がいるから、手塚さんはなかなか落ちないって若い女の子達が言ってたわ」

箕輪さんは私が何か言うのを待っている。その目には明らかに揶揄《やゆ》の色があった。伝説のお姫様は、汗臭いパジャマを着て、目やにをつけたままサンダルを履いてぼうっと立っている。

「手塚さんが出てたコマーシャル、頼んで見せてもらったのよ」

「……そうですか」

「どうしてやめちゃったの？　あんなにきれいだったのに。まだあなた三十にもなってないんでしょう。続けてたら、女優さんになれたかもしれないわよ」

私は何も言わず、今度こそ玄関の扉を閉めた。「旦那様によろしくね」と箕輪さんが明るく言うのが聞こえた。

私が夫の会社で、深窓の令嬢ならぬ深窓の人妻と呼ばれていることは知っていた。

一本だけテレビコマーシャルに出て、そのディレクターだった男と結婚し引退してしまった美人モデル。それが私だ。

ベッドの上に這《は》い上がり、私は再び毛布を被《かぶ》った。シーツも枕カバーも汗臭い。けれど、取り替える気力など湧かなかった。

人の噂などそんなものだと私は思った。

悪い噂は果てしなく悪く誇張され、美しい噂はどこまでも美化される。あのコマーシャルフィルムだってすごい美人と聞かされて見るからきれいに見えるのであって、冷静に見てみれば、そんなに驚くほどのこともない。その証拠に、私は別に引退したわけではなく、単に仕事がなかったから専業主婦になったのだ。

夫は私と結婚してから、決して私を仕事仲間に会わせようとしなかった。結婚式以来、私はあのコマーシャルのスタッフとさえ一度も会っていない。

当時、確かに私は今よりはずっときれいだったと思う。コマーシャルに出た時も結婚式の時の写真も、私ではないように輝いている。けれど二十代の前半という年齢で、目の前に好きな男性がいて、輝かない方がおかしいのだ。どんな人間にも旬というものがある。私はまさに、夫と知り合って結婚するまでの数年間が旬だった。そして今ではもう、萎《しな》びたセロリのようになってしまった。

夫はもう私を誰にも会わせない。ものすごい美人と結婚しているという伝説を守るために。その方が仕事にも遊びにも有効だからだ。

夫はとてももてる。それは間違いない。浮気することにも罪悪感など持っていないだろう。いや「浮気」だという感覚さえ彼にはないかもしれない。彼は好きなことを好きなようにして生きている。

私はベッドを下りて、リビングの電話の前に行った。アドレス帳を繰り、夫の事務所の電話番号を捜す。私はそこに自分から電話をしたことが一度もないのだ。緊張で番号を押す指が震えた。

「はい、テヅカ・クリエイトです」

若い女性の声だった。スタッフなのか愛人なのか私には分からない。

「手塚の家の者ですけれど、主人はおりますでしょうか」

自分でも驚くほど、きちんとした奥さん風の言葉が口をついて出た。相手の女性が緊張したように「あ」と言った。

「いつもお世話になっております。少々お待ち下さいませ」

慌てた感じの返答の後、電子音のエリーゼのためにが流れてくる。しかし彼女が保留ボタンを押す一瞬前に「げー、奥さんだよー」と言うのがしっかり聞こえてしまった。

「はい、代わりました」

夫が元気いっぱいの声で電話に出た。

「げー、奥さんです」

私は抑揚をつけずにそう言った。夫はククと口の中だけで笑う。

「電話してくるなんて珍しいじゃないか。何かあったの？」

「うん、仕事中にすみません」

「いや、いいけど。でもあと十分ぐらいで出ないとならないから」

暗に早くしろと夫は言った。

「さっき箕輪さんの奥さんと、樹里ちゃんが来たの」

「うん」

「で、旦那《だんな》様によろしくお伝え下さいって」

「うん」

「よろしく」

そこで沈黙が流れた。私と夫は、約一分相手が口を開くのを待っていた。負けたのは私だった。

「それだけ」

「あ、そう。じゃ、そういうことで」

「待って」

明らかに迷惑そうな感じの夫が電話を切ろうとするのを、私は引き止めた。

「この前は、すみませんでした」

「この前って？」

「帰って来た時、箕輪さんの旦那さんと息子さんがいたでしょう。だから、あなたすぐ出かけちゃったんでしょう」

「あーあー、あれね」

　夫は別に気にしている風でもなく言った。

「そうじゃないよ。本当に急いでたんだ。そっち方面でロケがあって、その途中でちょっと寄っただけだったんだ。でもまあ少し驚いたな。汐美が隣の人と家族ぐるみの付き合いをしてるなんて意外だった」

　家族ぐるみ、という言葉を聞いて、私は思わずぷっと噴き出した。確かに家族ぐるみ状態にはなっている。しかし、感想はそれだけなのだろうか。笑っている場合ではない。

「それだけ？」

　私は質問した。ダニーが言っていた通り隣の家の奥さんと娘が遊びに来ていたのなら、まあ普通かもしれない。けれど、来ていたのは旦那さんと息子だ。何か変だとは思わないのだろうか。

「それだけって何が？」

「他に私に聞きたいこと、ない？」

「汐美、悪いけどもう出ないとならないんだ。今晩にでも電話するから」

　夫は「そーゆーことで」も言わず、電話をがしゃりと切った。私は発信音が響く受話器を持ったまま、しばらくそこにぼんやり立っていた。

　そしてタビがやって来て、私の顔を見上げて鳴いた。

私の質問に、タビは「そうだ」という顔をした。私は受話器を下ろしてキッチンに行き、猫の缶詰を静かに開ける。

冷蔵庫を開け、蒲鉾《かまぼこ》とソーセージとしらすを出して細かく切った。それを缶詰の中身と混ぜて、鰹節《かつおぶし》をたっぷりトッピングしてあげた。私は擦り寄ってくるタビを抱き上げ、キッチンテーブルの上に乗せた。タビはもらったお皿に顔を突っこむようにして、それを食べはじめた。

猫が食事をしている様子を見ていたら、何だか私もむらむらと食欲が湧いてきた。昨日の晩、何か食べたかどうかも思い出せなかった。

私はスプーンを取って来て、タビの首を捕まえ食事を中断させた。私は猫のお皿からそれを食べてみた。見た目よりずっとおいしくて、私は不満気なタビをテーブルから追い払って、無心に口を動かした。

全部食べて息をつくと、足元でタビがうらめしそうに私を見上げていた。

「牛乳、飲む？」

慌ててご機嫌を取るように言うと、タビはふいと横を向き、いつもの食器棚の上に上がってしまった。

「……おなか空《す》いたの？」

それでも毎日は変わりなく来る。

狂った体内時計はぐるぐると回って、最終的に私を正常な時間に起こすようになった。

私は何日も着た汗臭いパジャマを洗濯し、久しぶりに家中に掃除機をかけ、床を雑巾《ぞうきん》掛けし、お風呂《ふろ》もトイレも丁寧に磨いた。

真冬の青空はどこまでも澄み渡り、洗濯した白いシーツが北風にはたはたと音をたてている。

私はベランダから空を見上げる。遥《はる》か遠くに雪を被《かぶ》った富士山が見える。冬枯れのグリーンヒルズの公園とマンション棟を眺める。

そして、今日私がするべきことを考えた。

私はひとりで呟《つぶや》いた。

「暇ですなあ」

何も変わらない。

あの夏の日と、ひとつも何も変わっていない。

私はそのことに気がついて、大きな安堵《あんど》を覚えた。そうだ、何も変わっていないのだ。

私はこのまま、今までしてきたように暮らしていけばいいのだ。

毎月口座に振り込まれる十五万円で、私は好きなことをして暮らしていけばいい。

にゃあんと、猫の鳴き声がした。ガラス戸を開けたままだったので、タビが恐る恐るべランダに出て来たのだ。私はタビを抱き上げた。

「お外は寒いでしょう」

私に抱かれたまま、タビは首を曲げて外の景色を見ていた。

「あー、寒いね。おうちに入ろう」

私は部屋の中に入った。するとタビはするりと私の腕を逃れ、閉めたガラス戸の前に座りこむ。

熱心にタビはガラス越しの空を見上げていた。不思議に思って猫の視線を追うと、ベランダの柵《さく》に雀が一羽止まっていた。

雀はふいに飛び立つ。タビは悲しそうに私を振り返った。私はカーテンを引いた。

外の世界を知らないタビは、外へ行こうとは思わない。けれど漠然と、外には何か違う世界があるのだと感じているのだろう。

狭いマンションに閉じこめて一生飼うのは可哀相ね、と言ったのは、確か箕輪さんだった。

そんなものは、人間の勝手な感傷だ。

今、タビをどこかに放りだしても、ノラ猫には戻れないだろう。おいしいエサと暖かいねぐらを取り上げられて、生きていけるわけがなかった。

私と同じだ。

取り上げられたら、生きていけはしない。

だから私は、ルフィオを無視した。

夕方、久しぶりにスーパーマーケットに行った。空には午後から重い雲が現れて、今にも冷たい雨を落としてきそうだった。買い物をした私は、スーパーの出口で生協の班の人二人とばったり会った。先週どうしたの、風邪で寝込んじゃって、なんて話をしていた時、学校帰りのルフィオが通りかかったのだ。

目が合ってしまった。首にぐるりとマフラーを巻いたルフィオは、知らん顔をしながら左手の中指でこめかみをすっと擦った。それは「ツイン・ピークス」で見た秘密の挨拶《あいさつ》だった。

私はそれを無視して、視線をそらした。しばらく奥さん達の話に相槌《あいづち》を打ち、そっと視線を戻すと、まだそこにルフィオは立っていた。

今度は私は露骨に横を向いた。早く私の視界から消えてほしかった。

奥さん達とわざとらしい笑い声をたて、もう一度顔を戻す。

ルフィオの姿はなかった。

「おい」

家に戻って玄関の鍵《かぎ》を開けようとした時、怒ったような声が廊下の奥から飛んで来た。振り返ると、ルフィオが自分の家のドアから顔を出し、私を睨《にら》んでいた。

「何で無視すんだよ」

私は何も言わずにうつむき鍵を開ける。ノブをひねった時、もう一度ルフィオの声がした。

「無視すんなよ。むかつくな」

「何か用事?」

私は極力冷たい声を出した。ルフィオは溜《た》め息まじりに首を振り、自分の家のドアから出て来た。私はすかさず言った。

「自分の家に帰りなさい」

彼はジーンズのポケットに両手を入れたまま、きょとんと私の顔を見る。

「もう来ないって決めたんでしょう? ダニーに聞かなかった?」

「何のこと?」

「何でもいいわ。とにかくもう来ないで」

きっぱり私が言うと、ルフィオはひどく傷ついた顔をした。仏頂面で唇を尖《とが》らせる。ここまで言えば、きっと彼は機嫌を損ねて、力いっぱい自分のドアを閉めるだろうと私は思った。本当はルフィオがいつもびくびくしていたことを私は知っている。拒絶されることとを恐れていたことを私は知っている。

その時、二軒隣の家の玄関が開いた。私とルフィオはびくりとして振り返る。そこの家の奥さんは、私とルフィオを見て一瞬きょとんとしたが、すぐに微笑んで会釈をした。私も慌てて頭を下げる。

その奥さんがエレベーターホールに消えてしまうと、ルフィオは怒ったように言った。

「説明してくんなきゃ、分かんないよ」

「説明なんか」

「子供扱いすんなよ。どうせ父ちゃんが何か言ったんだろう。ああ、いいよ。汐美ちゃんが俺のこと部屋に上げたくないなら、うちに来てよ。今日は母ちゃんも父ちゃんも仕事で帰って来ないから」

妙に大人っぽい目をして、ルフィオは言った。そして私に手を差し延べる。

「汐美ちゃん。俺んち、見てよ。びっくりするよ」

そう言ってルフィオは微笑んだ。私はもう少しで泣きだしそうだった。

どうして拒めるだろう。

私には、ルフィオしかいないのに。

ルフィオの後に続いて、私は初めて箕輪家に足を踏み入れた。

びっくりするよ、というルフィオの言葉にどういうことかと首を傾げていたら、私は本当にびっくりして、リビングの入口に立ったままあんぐりと口を開けた。

汚かった。半端な汚さではなかった。

テーブルの上には、汚れた皿や茶碗《ちゃわん》が出しっ放しで、その横には買って来た弁当の箱が放りだしてあった。脱いだ服はそこかしこに放りだされ、古い新聞紙や雑誌もばらばらに落ちていた。

廊下や部屋の隅には綿埃《わたぼこり》が溜まり、電気のかさからは家具に向けてクモの巣が伝わっていた。キッチンの流しには、いつからだか分からない汚れた鍋《なべ》や食器が溜まり、水の腐った臭いがした。

すさまじい荒れ方だった。掃除をしてないとか、片づけていないとか、そういう種類のものではなかった。

まるで泥棒でも入ったかのように、箪笥《たんす》の引き出しは開けっ放しで衣類がはみ出し、ゴミ箱のゴミはとうの昔に溢《あふ》れて、そこかしこに丸めた紙屑《かみくず》が落ちていた。

「どうしたの、これ」

呆然《ぼうぜん》としている私を、ルフィオは壁に寄り掛かり腕組みをして見ていた。

「どうしたってこともないよ。うちはいつもこんなもんなの」

何でもないことのように彼は言う。

「掃除しないの？」

「しないね。うちはみんな掃除なんか嫌いだから」

「好きとか嫌いとかの問題じゃないんじゃないの？」

ルフィオは力なく微笑む。そしてリビングに落ちているブラシやお菓子の缶を足でどけて歩きだした。

「俺の部屋、来てよ。少しはマシだから」

私の家では物置にしている、一番小さい部屋がルフィオの部屋だった。扉を開けて、私は納得した。なるほど、ルフィオの部屋が一番まともだった。そこは平均的な中学生の男の子の部屋程度にしか汚れていなかったから。

「ねぐら」

ルフィオは部屋の隅に置いた、マットレスと毛布を指さした。ねぐらという言葉がぴったりだ。森の中の動物の巣。

ルフィオは小さな電気ストーブのスイッチを入れると、マットレスの上に腰を下ろし壁に寄り掛かって足を投げ出した。そして、毛布を胸まで引き上げると、その端をめくって私にも入れという顔をした。

私はそろそろとルフィオの隣にもぐり込む。肩を寄せ合って、私達は電気ストーブの熱線を眺めた。

窓の外は、もう日が暮れかかっている。ルフィオの部屋の勉強机や壁に掛けた制服が、ストーブの光で暗いオレンジ色に染まった。

同じ毛布にくるまったルフィオが、私の肩に頭をのせた。私は彼の短い髪に鼻先を埋《うず》める。ルフィオからは不思議な匂いがした。人間じゃないみたいだ。私は腕を回して、彼の頭を抱き抱えた。

胸の中にあった固いしこりが、とろりと溶けだすような気がした。私は瞼《まぶた》を閉じる。夢のようだ。二度と瞼を開けたくなかった。目を開けたら夢が覚めてしまう。一番望んでいたものが、ここにある。手に入らないと思っていたものが腕の中にある。もう何も考えたくなかった。

「俺ね、人の家に入ったの、汐美ちゃんちがはじめてだったんだ」

ルフィオがぼそっと呟《つぶや》いた。私は腕をほどき目を開けた。

「うそ」

「本当。子供の時も、俺友達の家に遊びに行ったりしたことなかったから」

私はルフィオの台詞《せりふ》について考える。それは異常なことだろうか。それとも今時の子供というのは、案外そういう子が多いんだろうか。

「ずっと母ちゃんに監視されてたし、まあ、仲いい奴もいなかったから。だからさ、うちがこんなに散らかってるのが異常だってこと、つい最近まで知らなかったんだ。どこの家もこんなもんだと思ってた。だから汐美ちゃんちにはじめて上がった時、あんまりきれいなんで、俺びっくりしちゃったよ」

　そんなことを言われても、どう答えたらいいか分からない。

「どうしてお母さん、掃除しないの？　ダニーは文句言ったりしないの？」

「文句なんか言えるわけないじゃん。でも父ちゃんが家に来てから少しはマシになったんだ。父ちゃんが少しは片づけるからね」

　ルフィオの部屋の半分開いたドアから、リビングの惨状が見えた。このがらくたに溢《あふ》れた家の中から、ちゃんときれいな服を着て現れる箕輪母娘が何だか私は恐かった。

　それに、埃やダニは喘息《ぜんそく》によくないのではなかっただろうか。自分の息子が喘息気味なのに、この惨状は何なのだろう。箕輪さんは息子を溺愛《できあい》しているのではなかったのか。私はかすかに憤りを感じた。

「ねえ、父ちゃんが何か言ったんだろう。何て言ったの？」

　ルフィオは小声でそう聞いた。まるで叱られた幼児のような目をしている。

「もう、ダニーもルフィオも私の家には来ないって。あんたの成績も下がったし、お母さんがあんたの様子がおかしいことに気づきはじめてるからって」

　ルフィオは黙って爪を嚙《か》んだ。私は彼の横顔を見つめる。頰も耳たぶも、まだ子供ののだった。私は唐突にものすごい罪悪感に捕らわれた。

「ねえ、ルフィオ」

　私はこの子を苦しめている。私はこの子をたぶらかしている。

「あんた、学校に友達いる？」

　私の問いに、彼は感情のない目を向けた。

「あんた、まだ中学一年生じゃない。もっと勉強したり、クラブやったり、友達と悪いことしたり、クラスの女の子と映画行ったりしなよ。こんなの、やっぱりあんたのためにならないよ」

　ルフィオは何も言わない。私は彼の手を握った。

「私がこんなこと言うのは変だけど、若いうちから逃げてばっかりいちゃ駄目だよ。私の家に来てうだうだしてれば、そりゃ楽かもしれないけどさ。私だって楽しかったけどさ。でも、ルフィオには何でもできる将来があるんだよ。あんたはもしかしたら宇宙飛行士とか総理大臣に」

　ルフィオは突然私の手を振り払い、立ち上がった。そして床に落ちていた枕を振り上げる。あっと思った時には、私の顔面に枕が命中した。

「コウモリ野郎！」

　ルフィオはそう怒鳴った。私は驚いてルフィオを見上げた。

「お前は誰の味方なんだよ。父ちゃんかよ。あの変なコマーシャル撮ってる親父かよ。どうして大人みたいなこと言うんだよっ」

　ものすごい剣幕だった。ルフィオはいつも機嫌を損ねると、黙りこむかいなくなってしまうことばかりだったので、私は彼がこうやってヒステリックに怒るところを見たことがなかったのだ。

　ルフィオは手を伸ばして、私の襟元を掴《つか》んだ。私は殴られると思って反射的に目をつぶる。その次の瞬間、左頬に鋭い痛みが弾《はじ》けた。

「あんたのためとか、将来とか、今度母ちゃんみたいなこと言ったらぶっ殺すからな！」

殴られた痛みよりも、驚きの方が大きかった。私はただただ驚いて、マットレスの上でへたってルフィオの怒りに燃えた顔を見上げた。

　ルフィオの腕が再び伸びてくる。私は思わず短い悲鳴を上げた。ルフィオは私の両手首を握ってマットレスに押しつけ、私の上に馬乗りになった。彼の手が振り上げられるのを目の端で見る。息を呑《の》んで、私は目をつぶった。

　左右の頬をいやというほど叩《たた》かれ、拳《こぶし》で頭も殴りつけられた。私は必死でもがき、彼の手を振り払って両手で頭を抱えてからだを縮めた。口の中が塩辛い。

　ふと拳の雨が止んだことに気がついて、私はそろそろと顔を上げた。ルフィオは呆然とした顔で、私を見下ろしている。

「……汐美ちゃん」

彼の両目が潤んでいる。私は口を開けてルフィオの顔を見上げた。

ぼろぼろと彼の頬に涙が零《こぼ》れた。彼は泣きながら、私の口の端についた血を指で拭《ぬぐ》った。

「ごめん、俺……」

私とルフィオは、どちらともなく顔を寄せ合って接吻《せっぷん》をした。

ああ、とうとうしてしまった。

私は恍惚《こうこつ》と思った。私が望んでいたもの、私が欲しかったもの、何よりも手に入れたかったもの。

ルフィオは唇を合わせたまま、私のからだをさぐってくる。セーターの中に手を入れ、乱暴に胸をつかんできた。のしかかってくるルフィオのジーンズの股間《こかん》が硬く、私のももに当たっている。

セーターとブラジャーを押し上げられ、私は乳首を噛《か》まれた。痛みに声が出そうになるのを私は堪《こら》えた。

そしてふと不安になる。この子にはどこまで性知識があるのだろうか。R指定の映画は平然と見ていたが、彼に経験があるとは思えなかった。

ルフィオは私の不安をよそに、ただからだを押しつけて私にしがみついた。耳たぶにも頬にも指にも、ルフィオは歯をたてた。まるで動物だ。痛みを堪えてルフィオの背中を抱きしめていると、ふいに彼の動きが止まった。ルフィオは私の頭を挟んで肘《ひじ》をつき、じっと頭を垂れている。

「……ルフィオ?」

私は小さく呼びかけた。すると彼は甘い息を吐いて言った。

「汐美ちゃん、俺……」

「え?」

「何か、もう出ちゃったみたい」

私とルフィオは同時に彼の股間に目をやった。私は絶句する。先に噴き出したのはルフィオだった。

「俺、よく分かんないけどさあ。こういうの、早漏っていうの?」

私の上で肩を震わせ、ルフィオは笑っている。私も笑うしかなかった。

「若い証拠よ」

「あー、気持ちわりい」

そう言ってルフィオはジーンズを脱ぎ出した。

私とルフィオは、その晩続けて三回セックスをした。

こんなに欲情したのは、生まれてはじめてだった。ルフィオの硬いペニスが、私の中心に何度も突き刺さる。私はルフィオの上で、数えられないほど何度も絶頂を迎えた。

何もかもが新鮮だった。

ルフィオにとってもはじめての体験だろうし、私も自分がリードをとるセックスをするのははじめてだった。彼は自動販売機でこっそり買ったコンドームの箱を机の引き出しから出してきて、私はそれをつけるのを手伝ってあげた。

スムーズなセックスとはいえなかった。まるで真っ暗な洞窟《どうくつ》の中を手をつないでそろそろと歩いているようだった。

お互いのからだを放すまいと、私達は腕にありったけの力をこめた。唇を見失うまいと、痛いほど吸いついた。

ルフィオの平らな胸、小さな尻《しり》、薄くて大きな掌《てのひら》、肩先のほくろ。愛《いと》しくて愛しくて、気が狂いそうだった。もう二度と放したくないと思った。

最後の交わりは、ルフィオが上になった。

下からルフィオの顔を見上げると、彼はじっと目をつぶったまま黙々と私の腰をついている。そして声も上げずに果て、私の上に崩れ落ちた。

そのままの姿勢で、私達は一時間ほど気を失っていたようだった。先に気がついたのは私で、ルフィオをつついて起こした。小さな電気ストーブひとつでは、部屋は大して温まらない。肌がひんやり冷えきっていた。

「風邪ひくよ」

ねぼけ眼のルフィオを抱きよせ、私は毛布を被《かぶ》った。幼い姉弟《きょうだい》のように、私達は頬を寄せた。汐美ちゃん、と呟《つぶや》き、ルフィオは私にしがみついてくる。窓の外からは雨音が聞こえていた。雨にしては少し音が大きい。みぞれが降っているのかもしれない。

このまま、もう死んでもいい。

私は裸のルフィオを抱きしめ、心からそう思った。あまりの幸福に涙が出た。

悲しかった。幸せで、悲しかった。

このままでいたいのに、決して私達はこのままではいられないのだ。

明日から、私はどうしたらいいのだろう。

予想もつかなかった。具体的なことなど、何も頭に浮かばなかった。ただ、事の重大さだけが冬の暗雲のようにのしかかってきていた。

そして、その時。

静かな森の中に、突然雷が落ちたように、電話のベルが鳴った。

私達はぎくりとからだを震わせる。その不吉なベルは、底冷えする荒れた家の中に鳴り響いた。

ルフィオはからだを起こし、裸のまま立ち上がって部屋を出て行く。小さな白い尻が闇の中に消えていくのを、私はすがるような気持ちで見送った。

「……俺、うん、勉強してた……え？　一人だよ……分かってるって……」

ルフィオの口調から、電話の相手はダニーではなく、箕輪さんだろうと思った。彼はしばらく曖昧《あいまい》な返事を繰り返し、がちゃんと電話を切った。

ドアからふらりとルフィオが戻ってきた。無防備な股間を私は半身を起こして見上げた。ルフィオは黙って私の横に滑り込んできた。瞼《まぶた》を閉じて私の肩に鼻先を埋《うず》める。重い沈黙が流れた。私はルフィオの背中をそっと撫《な》でた。

「俺、来週から、違う塾行くんだ」

唐突にルフィオはそんなことを言った。

「え?」

「今まで行ってた塾は、出席なんか取らなかったからさぼっても分からなかったけど、今度の所はさぼると親に連絡するんだって」

私はただルフィオを抱きしめる。

「成績も下がった分、戻さないと」

「……そうだね」

私は小さく頷《うなず》いた。

「俺が学校や塾をさぼってることに母ちゃんが気がついちゃってさ。最近、出かけた先から、俺がちゃんと家にいるかどうか電話してくるんだ……」

長い間、私達はそのまま毛布の中で抱き合っていた。そのうち彼は寝息をたてはじめた。

私はそっと起き上がり、下着をつけて服を着た。

ルフィオの寝顔を、私は見下ろした。

これから、私達はどうしたらいいのだろう。

分からなかった。

誰かに聞けば、教えてもらえるだろうか。

朝が来て、目が覚めて、ルフィオは学校へ行くのだろう。

では、私は？

私は、何をするのだろう。

何もしたくない。このままでいたい。このまま死んでしまいたい。

ぽつりと雫《しずく》が、彼の頬に落ちた。ルフィオは目を覚まさなかった。私には涙を拭う気力もなかった。


それから私は、何日も何日もルフィオに会えなかった。

隣に住んでいるというのに、私は彼に会うことができない。ルフィオが一方的に会いに来ていたことを私は改めて思い知らされた。ルフィオがその意志をなくしたら、私は二度と彼と口もきけないのだ。

彼が学校へ行く時間を見計らい、ゴミを出すふりをして彼を待ってみたりもした。帰って来る頃も、うろうろと廊下に出てみたりもした。けれど私はルフィオに会えなかった。

ダニーもあれ以来、うちにやっては来なかった。

もう、これで終わってしまったのかもしれない。

私は自分の家のマンション棟の前にある、小公園のベンチに座ってぼんやりそう思った。

このところ、私は午後になるとここに座って、ルフィオが通るのを待っている。それ以外、私には何もできることがなかった。

ルフィオと寝てしまった日から、私は自分にできることについて、考え続けた。

あの子の母親は、いつか息子に社会のエリートになって楽をさせてもらうことを望んでいる。それについてあの子が反発を覚えたところで、彼はまだ中学一年生なのだ。親元から学校に通うしかない。私があの子を正当な理由で手に入れる術《すべ》はないのだ。

ルフィオの幸せを、私は考えた。

このまま隣に住んでいて、たまにルフィオと寝たりして、そのままいつか終わりが来る日まで続けていっていいものなのだろうか。

それでルフィオは幸せだろうか。それで私は幸せだろうか。

絵空事だと分かっていても、私はルフィオと逃げる夢を見た。

ふたりでどこかに逃げてしまいたい。

ああ、せめて夫が毎月振り込んでくるお金をもっと貯《た》めておくんだった。そうすれば、この馬鹿な空想も、もう少し現実味を帯びたのに。

スーパーの袋を持った主婦や、学校帰りの小学生が私の前を通り過ぎる。

私は凍える手をダウンジャケットのポケットに入れ、前後左右にそびえ立つマンション棟をゆっくり見上げた。

私はここを出て行くことができない。

ここは緑の孤島に立つ塔で、私にはそこを下りる梯子《はしご》がない。あったとしても、孤島を取り囲む社会に漕《こ》ぎだす舟がない。

「手塚さん」

声をかけられて、私は振り向いた。そこには笑顔の柳田さんが立っていた。

「またお散歩？」

私はぽかんとして、彼女を見上げた。そのいつもと違う晴々とした笑顔にも驚いたが、今日の彼女はスカートにストッキングで、キャメル色のショートコートを羽織っていた。まるでＯＬのようだ。

「今日はどうしたんですか？　お出かけ？」

私は思わずそう聞いた。柳田さんは微笑んで首を振る。金のピアスがころりと揺れた。

「先月からパートに出てるの」

私は目を見張った。

「小さい会社の雑用なんだけどね。これ以上家でうじうじしてたら、どうかなっちゃいそうだったから」

照れたように彼女は笑った。私は思わず彼女の袖《そで》を摑《つか》む。

「どうして？」

私の問いに彼女は小首を傾げた。

「だから、少しは外に出た方がいいかと思って」

「どうして働いたりするの？　そんなことしたらどうなるか考えた？　旦那《だんな》さんは何て言ってるの？」

勢い込んで聞く私に、柳田さんは怪訝《けげん》な顔をした。けれど笑顔をつくって答えた。

「主人も喜んでるわよ。最近明るくなったって。それに環境を変えた方が赤ちゃんもできやすくなるってお医者さんが」

「駄目よ！」

私の大きな声に、通りかかった人がちらりと振り返った。私は柳田さんのコートの両袖にすがり、彼女を見上げた。

「手塚さん？」

彼女の瞳《ひとみ》は、健康な人間の眼差《まなざ》しだった。ついこの間まで、彼女は囚《とら》われの身だったはずなのに、いつの間に足の鎖を外したのだろう。

「あの、乳母車は？」

「乳母車？」

「この前デパートの前の公園で、乳母車を引いてたでしょう。私、見たのよ」

「ああ、あれね」

柳田さんは軽く頷いた。

「親戚《しんせき》の人の赤ちゃんを預かったの。一日だけ預かってほしいって頼まれて、大喜びでね。やっぱり赤ちゃんって可愛いわねえ」

けろりと彼女はそう言った。この間までの悲愴《ひそう》な感じはどこに置いてきてしまったのだろう。私は訳が分からなかった。

「あー、いたいた。手塚さん」

そこで、遠くの方から誰かが私を呼んだ。私達は同時にそちらを振り返る。

「あら、井上さんよ」

生協の班の三十代主婦が小走りにこちらへやって来た。息を切らして三十代主婦は私に言った。

「手塚さん、大変」

「は？」

「おうち、帰った方がいいわよ。私はやめた方がいいって言ったんだけど、尾上さんが管理人さん呼びに行っちゃって」

何のことやら、訳が分からなかった。柳田さんが「何かあったの?」と口を挟んだ。

「それがね、手塚さんちのドアに、変な落書きが書いてあるのよ。ほら、よく暴走族がスプレーみたいなペンキで落書きを」

三十代主婦の言葉を全部聞き終わる前に、私は駆けだしていた。

私の部屋の前には、同じ階の奥さん達が何人かと、管理人のおじさんが立っていた。皆は私の方を一斉に振り向くと、気まずそうに視線をそらした。

私は自分の家のドアを見て、全身の力が抜けるのを感じた。

さっき三十代主婦が言っていた通り、スプレー式の赤いペンキで、ドアに大きな落書きがしてあった。

——ネコ、ステロ
「ひどいわねえ。誰がやったのかしら」

四十代主婦が頰に手を当てて言う。

「一時間ぐらい前に、私が通った時はなかったのよ。だからその間に誰かが書いたんだわ」

「やあねえ、マンションの人かしら」

主婦達は眉《まゆ》をしかめて顔を寄せ合っている。管理人が私に向き直った。

「ベンジンで拭《ふ》けば、落ちると思いますよ。お持ちですか？」

私は黙って首を振る。何だか目の前がくらくらと揺れていた。足に力が入らない。

「まあ、時々こういう悪戯《いたずら》もあるんですよ。あんまり気にしないことですな」

それより、と言って、管理人はごほんとひとつ咳《せき》をした。

「猫を飼ってるんですか？」

私も、そこにいた主婦達も、私について来た柳田さんも、その質問に答えなかった。その沈黙は誰が見ても肯定の意味だった。

「困りましたねえ」

管理人は顎《あご》を指で掻《か》いた。

「一応規則でね、いけないことになってるんですよ。分かってらっしゃるとは思うんですけど」

はい、と私はかろうじて返事をした。平衡感覚が薄れていく。ぐらぐら揺れそうになる足を私は必死に踏ん張った。

「今すぐどうしろとは言わないですけど、他のお宅へのしめしってものがありますからね。近いうちに何とかして下さいよ」

主婦達は顔を見合わせて、ちらちらと私を見ていた。

「ベンジンね、管理人室にありますから、後で取りに来て下さいね」

慰めるように管理人は言った。私はもう声も出せず、ふらふらとその悪戯書きがしてある鉄のドアを開けて家に入った。

夕暮れの近づいた窓のところに、猫のシルエットがあった。タビは私の方を振り返りもしなかった。ただじっと、窓を見つめている。

私はベランダに続くガラス戸を開けた。タビの耳がぴくりと動く。

「そんなにお外がいいなら、行けば？」

私はタビにそう言った。意味が分からないとばかりに猫は首を傾げる。

タビを抱き上げ、私はベランダの柵《さく》に乗せた。

背中で玄関のドアが開く音がした。

私は黙って、タビのお尻《しり》を押した。

悲鳴を上げたのは、私ではなく柳田さんだった。

まるで冗談のように、タビは空に舞った。

「なんてことするの！」

柳田さんはそう叫び、ドアの外へ駆けだして行く。私はベランダからリビングに戻り、開けっ放しの玄関と背中のガラス戸を交互に見た。

そして部屋の中を見渡す。

「タビ？」

呼んでも返事はない。テーブルの上にはタビが食べ残したお皿があった。突然、私は正気に戻った。

「タ、タビ」

私はサンダルも履かずに、玄関を飛び出た。エレベーターまで突進して行ったが、エレベーターがなかなか来なくて、苛《いら》ついた私は非常階段を駆け下りた。

目の前が歪《ゆが》むのは、溢《あふ》れ続ける涙のせいだった。

今頃コンクリートに叩《たた》きつけられ、ミンチになっているであろうタビを思って私は走った。私が殺した。私が殺した。可愛がっていたのに殺してしまった。

非常階段の鉄のドアを開け、ゴミ置場の前を駆け抜けて、私は外に出た。息が苦しかった。心臓が爆発しそうだ。けれどこのまま死んでも構わなかった。タビが死んでしまったのなら、私も死のうと決心すらしていた。

マンションの前の自転車置場の手前に、柳田さんの背中を私は見つけた。彼女の横には、何人かの主婦の姿も見える。

主婦達は一斉に私を見た。しゃがんでいた柳田さんが立ち上がる。その腕の中に、猫の小さな頭があった。

呆然《ぼうぜん》と立ちすくむ私のところに、柳田さんがやって来た。そして悪戯をした子供を叱るような目で私を見てから、そっとそれを差し出した。

タビは怯《おび》えて震えていた。

けれど、ミンチにはなっていなかった。生きて、息をしていた。血の跡さえも見つからない。

「運がよかったのね」

柳田さんは、私の頭を猫を撫《な》でるようにして撫でた。

いくら猫でも、マンションの八階からつき落とされたら助からないだろう。

しかし、タビは自転車置場の屋根の上に落ちたのだ。トタン張りの屋根がクッションになったそうだ。空中から猫が降って来て、屋根の上でバウンドした様子を目撃した小学生が、興奮した様子で教えてくれた。

大きな怪我をしている様子はなかったが、少し足を引きずるような感じだったので、柳田さんがタビを獣医に連れて行ってくれた。私はといえば、その間ずっとベッドの中でわんわん泣いていた。

泣く以外に、私にできることはなかった。まるで幼児のように私は泣いた。いくらでも涙が溢れ、嗚咽《おえつ》が収まらなかった。

玄関の外から人の話し声が聞こえたような気もしたけれど、私は構わず泣いた。このまま死んでしまうんじゃないかと思うほど私は泣いた。

けれど、泣いたぐらいで人間は死ねるわけがないし、第一いつまでも泣き続けることさえもできなかった。

泣き疲れて声も嗄《か》れ、ぐったりと濡《ぬ》れた枕に顔を埋《うず》めていた頃、玄関の扉が開く音がした。

奥さん達の声がする。お疲れ様とか、ご苦労様とか言う声だ。ああ、そういえば鍵《かぎ》をかけてなかったなと思った時、真っ暗だった廊下の電気がパチリと点《つ》いた。寝室の入口に、女の人のシルエットが浮かんだ。

「手塚さん？　大丈夫？」

柳田さんが小首を傾げて、こちらを覗《のぞ》きこんでいる。私はほんのちょっとだけ、首を縦に振った。

彼女は静かに部屋に入って来ると、ベッドの縁にちょこんと腰を下ろした。彼女の服からかすかにベンジンの匂いがした。

「落書き、みんなで消しておいたから」

柳田さんは柔らかく言った。

「タビちゃんも大丈夫よ。後ろ足の骨にひびが入ってるから、少し入院した方がいいって獣医さんが言ってたわ。あとはどこも怪我してないって」

私は鼻をすすり、枕に顔を押しつける。何やら強烈に恥ずかしくなってきたのだ。

「一人でいたい？　迷惑だったら帰るけど？」

「迷惑なんかじゃ」

私はがばっとからだを起こす。柳田さんのきょとんとした顔がそこにあった。私はまたベッドに崩れ落ちた。

「……柳田さん」

私は枕に顔を埋めたまま言った。

「なあに？」

「いろいろと、ごめんなさい」

彼女はちょっと間をおいてから「いいのよ」と言った。そして私の髪に手を伸ばす。さっき助かったタビを渡してくれた時も、彼女は髪を撫でてくれた。私はその感触にうっとりと瞼《まぶた》を閉じる。

「落書き、心当たりある？」

少し戸惑った感じで柳田さんが聞いた。私はうつ伏せになったまま首を振る。

「あんまり気にしない方がいいわよ……って言っても無理よね。私、分かるもの。もし私だったら猫じゃなくて自分が飛び下りてたかもしれない」

その台詞《せりふ》に私は顔を上げた。

「そんなに驚くことないじゃない。手塚さんだって分かってたでしょう。私がマンションの人達の目を気にしてびくびくしてたこと」

柳田さんは首をすくめる。

「だから私、手塚さんがうらやましかったの。すごくマイペースっていうか、飄々《ひょうひょう》として見えたから」

「そんなこと……」

「そうね、そんなことなかったのね。手塚さんには悪いけど、今日のあの取り乱しようを見て、何だか私ほっとしちゃった。まだ私の方が冷静だわって」

えへへと照れ笑いをして、彼女は目を細めた。この間まで暗い目をして萎《しお》れていた人が、何故こんなに元気で優しいのだろうと私は心底不思議に思った。だから私は素朴に聞いた。

「柳田さん、何かあったんですか？」

「どうして？」

「あんなに落ちこんでたのに、急に元気になっちゃって、パートにまで出て」

「ああ、それは逆」

柳田さんはタイトスカートの裾《すそ》を直して言った。

「パートに出たから元気が出たのよ」

「どうして？」

「どうしてって、そんな不思議なこと？　そりゃパートに出はじめたのは、煮え切らない主人が信じられなくなってきて、真剣に離婚しようかなって考えはじめたからだけど」

私はまだ分からなくて、彼女の言葉の続きを待つ。

「大した仕事じゃないわよ。端末に数字打ち込んだり電話に出たりコピー取ったり、その程度よ。でもね、ＯＬしてた時のこと思い出しちゃってねえ」

私にはまだ分からない。それでどうして元気が出るのだろう。

「あのね、主人に言うと馬鹿にされるんだけど、昼休みがいいのよ、昼休みが。私よりずっと年上のおばさんとか、ずっと年下の若い子とかとお弁当食べるのよ。それでお茶飲んで、会議室でお菓子なんか食べながら〝いいとも〟見るの。でね、くだらないこと喋《しゃべ》って笑いころげて一時になるのよ。さー午後からもまた頑張ろうって、部長の口臭は臭いけど頑張ろうってみんなで笑って」

「あの」

果てしなく続きそうな平和な中小企業の描写を私は遮った。

「それで、何で元気が出たんです？」

「あら、分からない？」

「はい」

柳田さんと私は、言葉の通じない外国人を見るような目でお互いを見た。

「なんか、うけない冗談をどこが面白かったか説明するようで恥ずかしいから、これ以上言わさないで」

柳田さんは説明するのも面倒になったのか、口に掌《て》を当てて小さくひとつ欠伸《あくび》をした。

「ねえ、おなか空《す》かない？」

欠伸が終わると、今度は彼女はそう言った。見違えるような健やかさだ。

「そんなんじゃ、ご飯なんか作る気しないでしょう。適当に何か作ってあげましょうか」

「……そんな」

「とか言って、私もご馳走《ちそう》になろうと思ってるんだけど」

さっさと柳田さんは立ち上がり、寝てていいわよと笑って寝室を出て行った。ひとり残された私は、泣き疲れて痺《しび》れた頭で、柳田さんの言葉の意味を考えた。

何だかよく分からなかった。いつまでも子づくりに協力してくれない夫に愛想を尽かして、社会に出て、子供を産ませてくれる違う男を捜す気にでもなったのだろうか。

開けたままの寝室のドアから、冷蔵庫を開ける柳田さんの背中がちらりと見えた。彼女は勝手に私のエプロンをつけ、鼻唄《はなうた》を歌いながら何やら野菜を刻んでいる様子だ。

たったそれだけのことだったのに、またもや涙が滲《にじ》んだ。人にご飯を作ってもらうなんて、何年ぶりだろうと私は思った。

ルフィオもダニーもこういう気持ちだったのだろうか。

テーブルの前に今すぐ飛んで行って、スプーンを握って、台所に立つ彼女の背中を眺めたかった。彼女のエプロンの背中のリボンを、わくわくした気持ちで見つめたかった。さあどうぞ、と彼女が笑顔で振り返る瞬間を待ちたかった。

私もかつては夫のために、ああしてキッチンに立ったことがあった。夫もエプロンのリボンを見つめてくれたこともあった。けれど、なくしてしまった。いったい何がいけなかったのだろう。

「手塚さーん、お皿どこかしら」

柳田さんが呼ぶ声がした。私は慌てて涙を拭《ぬぐ》い起き上がった。

冷凍してあったご飯で作ったチャーハンは、私が作るのとまた違う味がした。レタスとコンビーフが入っているのが新鮮だった。

食後のコーヒーを飲みながら、私達はテレビのクイズ番組を見て笑った。結構熱中して見てしまい、それが終わった時にやっと、私は彼女のことを遅い時間まで引き止めていたことに気がついた。

「大変、もう九時よ。ご主人に怒られるんじゃない？」

「あー、いいのよ。どうせあの人も毎日遅いんだもん」

「でも」

「もし少しいさせて。ね？　駄目？」

私は見つめられてうつむいた。喉《のど》まで出かかっている言葉がうまく出せない。

「迷惑なら帰るけど？」

「迷惑じゃない。もう少しいて」

立ち上がろうとした柳田さんに、私は慌ててそう言った。言ったとたんに私はかーっと赤くなる。

「手塚さんって、面白いわねえ」

ソファに座りなおした彼女はしみじみと言った。どこがよ、と少々むっとしながら私は赤くなった顔を手でさする。

「旦那《だんな》さんの前でもそんな感じなの？」

「……そんな感じって？」

「遠慮っぽいっていうか、人の言葉の裏ばっかり探ってるっていうか」

私はぽかんと彼女の顔を見た。

「私ってそんな風に見える？」

「見えるわよ」

私はコーヒーを啜《すす》って考えた。遠慮なんてした覚えはないけれど、人の言葉の裏は確かに探っているかもしれない。

「ねえ、こんな言い方は何だけど、手塚さんもパートにでも出た方がいいんじゃない？」

ああ柳田、お前もか。私はむすっとして下を向いた。

「働くとか働かないとかじゃなくてね、もう少し外へ出て人と係わった方がいいんじゃないかしら。ずっと家にいたって、何も事態は変わらないわよ」

「事態って?」

「旦那さん、たまにしか帰って来ないんでしょう。こんなのよくないわよ。手塚さんだって分かってるんでしょう?」

私は彼女の顔を見た。

思いきり横っつらをひっ叩《ぱた》いてやろうか。それとも何もかも打ち明けて泣き崩れてすがろうか。私は心底迷った。

「それとも、このまま丸腰でいたいの?」

私は彼女の言葉に目を見張った。

「そのぐらい分かるわよ。私だって、ついこの間まで専業主婦だったんだもの。普通に常識のある男の人なら、一銭もお金を持ってなくて手に職もない女房を放りだしたりはしないわよね。だから働かないんでしょう? 違う?」

私は震える唇で「違う」と呟《つぶや》いた。

「違わないと思うけど。手塚さん、旦那さんのこと、すごく愛してるのね。捨てられたくないから、そうやって裸ですがってるのよ。放りだされたら生きていけないって、すがってるのよ」

やめて、と言ったつもりだった。けれど、私は持っていた空のコーヒーカップをごとんと置いて、立てた膝《ひざ》に顔を埋《うず》めた。

「ひどいこと言って、ごめんね」

長く黙った後、柳田さんはそう言った。

「でも、手塚さん見てると、自分を見てるみたいでつらいの。痛々しくて見てられない」

私はやっとの思いで声を出す。

「……私ね、タビがうらやましかった」

「え？」

「部屋の中で育った猫はね、外に出なくても平気なんだって。家の中でご飯も愛情も全部足りるから、外に行く必要がないんだって。不妊手術をしちゃえば、発情期もなくなるから、もう本当に一生家の中にいて、それで幸せなんだって」

タビをどこからか貰《もら》って来た時、夫が言っていた台詞《せりふ》だ。

このまま何もせずじっとこの部屋に閉じこもっていれば、夫は私を決して追いだしたりはしないのに、私の中の雌が外に出してくれとおなかの中から私を蹴《け》るのだ。

私は、私の中の雌がうらめしかった。

子宮をなくしてしまえば発情しないのなら、その方がよほど幸せなことに私は思えた。

「どうせ使わないなら、子宮なんかいらないのに」

私がそう呟くと、柳田さんは長い沈黙の後ぽつりと呟いた。

「あなたは猫じゃないのよ」

語尾が震えている。柳田さんの頬にぽろりと涙の粒が転がった。

「私もあなたも、猫じゃないの。そんなこと言うのはやめて」

彼女はへの字に口を曲げ、子供のようにしゃくり上げる。私はいっそルフィオのことも何もかも打ち明けてしまいたい衝動にかられた。

でも、私は口に出せなかった。

私は自分が恥ずかしかった。


その夜私は、深く眠った。

柳田さんは泊まっていこうかと聞いてくれたけれど、私は大丈夫だからと言って首を振った。明日の朝電話するからね、と念を押して彼女は自分の部屋に帰って行った。よっぽど私は、今にも自殺しそうな顔をしていたのかもしれない。

柳田さんが何度も振り向きながら玄関を出て行ったとたん、私は強烈な睡魔に襲われた。ベッドまで這《は》うようにして行き、顔も洗わず歯も磨かず、私は気を失った。

昏々《こんこん》と私は眠った。いや、もしかしたらそれは、普通の人にとってはごく当たり前の睡眠だったのかもしれない。けれど私にとって、眠りの底の底までたどり着けたのは生まれてはじめてだった気がした。

一度、電話の音で目が覚めた。重い瞼《まぶた》をこじ開けると、レースのカーテン越しに朝の光が差していた。朦朧《もうろう》とする頭で、この電話は柳田さんだと私は思った。死んでも出なきゃと思って、私はずるずるとベッドから下りた。

受話器から柳田さんの少女のような声が聞こえる。私が「眠い」と言うと「変な薬飲んだんじゃないでしょうね」と彼女は疑《うたぐ》りの声を出した。私は笑って電話を切り、よろよろ歩いてベッドに戻った。

眠りは私を捕まえて放さなかった。それはまるで、夫と恋愛をはじめたばかりの時のような感触だった。

結婚する前、私はよく夫のアパートに遊びに行った。夜も遅くなって、帰らなきゃと言う私の手を夫はつかんで放さなかった。ずっとここにいてくれと夫は私に言った。

そういう甘い眠りだった。いつまでもいつまでも、心地よい毛布にくるまってまどろんでいたい。もう二度と瞼を開けたくない。このままでいたい。

このままお風呂《ふろ》にも入らず何も食べず眠っていたら、私は死ぬことができるだろうか。死んでしまった私を見つけ、夫は泣くだろうか。

いや、でも。どうせ死んでしまうなら、その前にもう一度ルフィオとセックスしたい。

ダニーと焼肉を食べたい。あの焼き肉屋は安くておいしかった。ルフィオにも食べさせてあげたい。ああ、おなかが空《す》いてきちゃった。タビにもご飯をあげなきゃ。

ああそうだ、タビ。タビはどこだろう。謝らなくっちゃ。許してくれるだろうか。悪いお母さんを許してね。

というところで、ぽっかり目が覚めた。

私は見慣れた天井を、目をぱちくりさせて眺めた。ゆっくりからだを起こし、頭をぼりぼり掻《か》く。頭を掻いているうちに、背中もおなかもかゆくなって、私は仕方なくベッドから下りた。

「あー、よく寝た」

思わず独り言が零《こぼ》れた。

「お風呂でも入ろう」

自分にそう言い聞かせつつ、私はバスルームに向かう。お風呂のお湯を出して、トイレにも入って、玄関の扉に挟まっていた朝刊と夕刊を両方引っこ抜くと、新聞の束の間からメモが一枚ぺろりと落ちた。

『お弁当作ったから食べて下さい。タッパーは返しに来てね。柳田』

高校生のような丸文字でそう書かれているメモを読んで、私は玄関の扉を開けた。すると外のノブのところに、紙袋に入ったお弁当がかかっていた。

彼女がいつも持って来る薄ピンクのタッパーの中身は、鶏そぼろと卵とでんぶの三色弁当だった。添えられたソーセージはカニの形に切り込みが入り、プチトマトがいかにも少女趣味だった。

「ナイス。柳田さん」

私はご機嫌でお弁当をテーブルの上に置いた。お風呂に入ってさっぱりしたら、お茶を淹《い》れてこれを食べよう。

そう思ったとたん、頬に何かがつるりと伝わった。あれっ？　と思って掌で拭《ぬぐ》う。涙だった。どうも昨日から、涙腺《るいせん》が故障したままらしい。

ああ、でもきっと私は、本当に疲れていたのだ。それはいつからだろう。こういうことをお節介にしか感じられなくなっていたのは、いつからだったのだろう。

私はリビングを突っ切り、外へ出るガラス戸を開けた。サンダルをつっ掛けてベランダに出る。空が丸く広がっていた。

本当なら、私がベランダから飛ぶべきだったのだ。私が飛び下りたかったのだ。柳田さんがいなかったら、きっと私は今頃、あのコンクリートの地面に激突して、内臓やら脳味《のうみ》噌《そ》やらを飛び散らして、マンション中の皆さんにご迷惑をかけていただろう。

私はベランダの柵《さく》に寄り掛かり、部屋の中を振り返った。北風が髪とパジャマの裾《すそ》をなびかせ、私はぶるっと震えた。

お風呂に入ってさっぱりして、柳田さんが作ってくれたお弁当を食べて、そしてそれからどうしよう。

それから私は、どうしたらいいんだろう。

あの落書きをしたのは、誰なんだろう。マンションの中の誰かだろうか。これからもその人は私にいやがらせを続けていく気なのだろうか。

どちらにせよ、猫を飼っていることが管理人にばれてしまった。いつまでも、このままここでタビと暮らしていくことはできないのだ。

私はタビの飼い主で、あの子を生かそうが殺そうが自由だ。でも私は、あの子を殺したりしたくない。誰かにあげるのも嫌だった。いっしょに暮らしたかった。

では、私の飼い主は？　ルフィオの飼い主は？　生かすも殺すも自由な私達の主《あるじ》。私にもルフィオにも、選択権はない。

でも、柳田さんは言ったじゃないか。

私達は猫じゃないって。

でも、飼い主の手から離れる勇気があるのだろうか。私には。ルフィオには。

飼い主の手を離れて、生きていく自信など微塵《みじん》もなかった。何ひとつ持っていなくて、何もできないことが、身を守る唯一の鎧《よろい》だった。

私は頭を振って、風呂場に向かった。

ルフィオに会いたかった。ルフィオの顔を見たかった。

隣に住んでいるのに、会えない。

お風呂から上がり、頭にタオルを巻いたまま私は柳田さんが作ってくれたお弁当を食べた。食後のお茶を飲み干し、さて、とにかく獣医に行ってタビの様子を見てこようと立ち上がった時、まるで待ちかねていたように玄関のチャイムが鳴った。

もう時間は夕方の五時になるところだった。反射的に「あ、柳田さんだ」と思ったので、私は確かめもせず玄関のドアを開けた。

しかし、そこに立っていたのは、ネズミ色の親父コートを着たダニーだった。

彼はきょろきょろあたりを見回し、人けがないことを確認すると「入ってもいいですか？」と他人行儀な言葉遣いをした。

「もう来ないんじゃなかったの？」

私はバスローブのポケットに手を入れて、意地悪くそう言った。

「いや、ちょっと話が」

早く入れてくれないと誰かに見られるとばかりに、彼はおろおろと視線を散らした。私は肩をすくめ「どうぞ」と彼を招き入れた。

靴を脱ぐ彼の手には、何故だかカーネーションの花束があった。差し出されて私はそれを受け取った。

「ありがとう。でも、これ何？」

「いや、駅前で安く売ってたから」

「ふうん」

ダニーは慣れた手つきで、脱いだコートと背広の上着をハンガーに掛け、いつもそうしていたように部屋の鴨居に掛けた。

そしてソファではなく、キッチンテーブルの前に腰を下ろす。そして両肘《ひじ》をついて腕を組み、難しそうな顔をした。まるでこの前の続きのようだ。

「おなか空いてる？　何か作ろうか？」

いつもそうしてきたように、私は聞いた。

「いや」

「食べてきたの？」

「うん、いや、そうじゃないんだけど」

歯切れが悪い。ダニーは何か言いあぐねているようだった。花なんか買って来たのははじめてだし、彼は何を言う気なんだろう。

私は大振りのグラスにカーネーションを生け、テーブルの上にのせた。私が腰を下ろしたのを見て、ダニーは口を開いた。

「大丈夫か？」

その言葉に私はしばし黙った。

「何が？」

「いや、その、昨日の夜ね、女房から聞いたんだけど、君がドアに変な落書きをされて、猫を、その……」

「ベランダから突き落としたの」

言いにくそうなダニーに代わって、私はそう言ってあげた。そうか、早速マンション中の噂になっているわけだ。しかし私は自分の奇行が噂になっていることよりも、むっとしたことがあった。

「家族と会話なんかないって言ってなかったっけ？　奥さんとそういう話はするわけね」

厭味《いやみ》を言ってしまってから、私は後悔した。これではまるで、私はダニーが好きで、奥さんに焼き餅《もち》を焼いているようでけないか。

「勝手に女房が喋《しゃべ》ってただけだよ。僕はただ聞いてただけなんだ」

ダニーは言い訳がましいことを言いだした。私は仕方なく笑顔をつくる。

「別にいいよ、そんなこと」

「いや、だからね、タビは助かったらしいって聞いたんだけど、君のことが心配になって」

それで花なんか買って来たのか。私は萎《しお》れかかったカーネーションに視線をやった。

「どうもありがとう。昨日はちょっと動揺しちゃったんだけど、もう平気。近所の人達がよくしてくれたから」

私の言葉を聞いて、ダニーは無表情に頷《うなず》いた。

「何か飲む？　コーヒー？」

「いや、それより話が」

「話はもう終わったんじゃないの？」

「蕗巳のことなんだ」

私はダニーの顔を見た。

「……ここ一週間ぐらい来ないけど？」

「ああ、入院してる」

「え？」

「喘息《ぜんそく》の発作があってね。風邪もこじらせてて、しばらく入院したんだ。もうだいぶよくて、明日には退院するんだけど」

私は爪を嚙《か》んだ。風邪をこじらせた、と聞いて心臓が止まるかと思った。ああ、私のせいだ。あんな寒い日に、何時間も裸でいたからだ。汗が冷えたのもいけなかったのだろう。

「あの子に何かしたのか？」

低くダニーは私に聞いた。その目は悲しそうに細められている。

「……何って？」

私は頭に巻いていたタオルを取った。濡《ぬ》れた髪が肩に落ちる。

「うちの奴は掃除なんかしない奴でね、僕が見かねて時々ゴミぐらいは捨てるんだけど……」

くしゃくしゃになった髪を、私は指で梳《す》いた。髪の先をつまむと枝毛があるのを見つけた。

「蕗巳が発作を起こして入院した後、まあ、いつものように家中のゴミをポリ袋に入れてたんだ。そしたら、蕗巳の部屋のゴミ箱に」

「使用済みのコンドームがあった？」

言いにくそうだったので、私の方から言ってあげた。ダニーの目が大きく見開かれる。

「……君なのか？」

私は答えず、テーブルの上に出しっ放しになっている小物入れから、小さな鋏《はさみ》を取り出した。ちょんと枝毛を切ると、ダニーがテーブルの上で頭を抱えた。つるりとした頭のてっぺんが私の方を向いている。

「どうする気だ？」

顔を上げて彼は聞いた。私は答えず、次の枝毛を捜す。

「あんたの気まぐれで、息子を惑わすのはやめてくれ。僕ならいいよ、大人だから。君はそういう女なんだって諦《あきら》めるさ。けどな、蕗巳はまだ中学一年なんだぞ。君はいくつだ。やっていいことと悪いことが、何で分からないんだ」

ダニーはテーブルに乗りだすようにして、声を荒らげた。私は首をぽきりと鳴らしてから「声」と言った。

「え？」

「声が大きいよ。近所に聞こえる」

ダニーはぽかんと口を開けた後、首を振って椅子に座りなおす。

「信じられん」

「何が？」

「君のことだよ。十三歳の男の子を誘惑するなんて。もしかして酒でも飲んだのか？」

私は持っていた鋏をテーブルに置いた。かつんと音がした。

「お酒なんか飲んでなかった。どっちがどっちを誘惑したわけでもなかった。私が二十八の人妻で、あの子が十三の中学生だってことぐらい、私がいくら馬鹿だって分かってるよ。でも、しょうがなかったのよ」

ダニーの肉のついた顔と趣味の悪いネクタイが歪《ゆが》んで見えた。頬に冷たいものが伝っているのが分かった。涙腺《るいせん》はまだ緩んだままだ。

「どうする気だって？　どうするもこうするもないじゃない。どうにもなんないわよ。あの子の教育上悪いっていうなら、このマンションを出て行くわよ。猫も飼っちゃいけない。好きな男とセックスしてもいけない。こんな所、出て行くわよっ」

テーブルの上のグラスを私は手で横に払う。椅子の角に当たってパリンと音を立てて割れた。

私は崩れるように腰を下ろす。両手で濡れた髪を掻《か》きむしった。床に流れた水が、素足を冷たく濡らした。

そうだ。本当はどうすることが一番いいことなのか、何が解決策なのか私には分かっているのだ。

私が出て行けばいいのだ。

私が我慢をすれば、いいことなのだ。

頭を抱え声を殺して泣く私の両手首が、ふいに温かくなった。そろそろと顔を上げると、ダニーが手を摑《つか》んで、私の顔を覗《のぞ》きこんでいた。

「僕と結婚しよう」

「……え？」

「前から考えてたことだ。僕も君も息子も、もう今まで通りの生活なんか続けられないよ。今すぐは無理だけど、僕が何とかする。ちゃんと離婚するよ。蕗巳の親権も僕が取れるように努力してみる。血が繋《つな》がってないから簡単にはいかないかもしれない。けど、僕はちゃんと働いてるし、蕗巳が強く希望すればきっと大丈夫だ」

私はダニーの涙さえ浮かべた両目を眺めた。彼が何を言っているのか、よく分からなかった。

「三人で暮らそう」

摑まれた手首から、じんわりと何かがからだに入ってくる。

「僕の女房になるのは嫌か？　蕗巳を息子にするのは嫌か？　それなら戸籍なんてどうでもいい。とにかく、いっしょに暮らそう。楽しかったじゃないか。また三人で水道管ゲームをしよう」

「……水道管ゲーム？」

「ファミコンでもトランプでもいい。ブラックジャックを今度こそ覚えるよ。だから、頼む。うんと言ってくれ」

三人で暮らす。

そんなことが本当に可能なのだろうか。よほどの奇跡が起こらないかぎり、そんなことが実現するとは思えない。

ダニーは妻を捨て、ルフィオは母親を捨て、私は夫を捨てる。

捨てられるのだろうか。いや、私達が捨てようとしても、飼い主が私達を手放すかどうかは分からない。

「返事をしてくれ。頷くだけでいいから」

ダニーの哀願する顔を、私はじっと見つめた。首が強張《こわば》る。動けない。

その時だった。

玄関の外で、かすかに何かの音がした。ダニーにもそれが聞こえたらしく、彼は私の手を離す。

直感だった。柳田さんじゃない。

私はテーブルの上にあった糸切り鋏に手を伸ばし、すばやく玄関に向かった。力いっぱい扉を開く。

赤いスカートがひらりと視界を横切った。私は駆けだそうとしたその女の子の手を、危ういタイミングで捕まえる。

その子の腕は、ちょっとひねったらぽきりと折れてしまいそうに細い。

私を睨《にら》みつける少女の大きな瞳《ひとみ》。

スローモーションのフィルムのように現実感がなかった。何故私は、この子の腕を捕まえているのだろう。

「放してよっ！」

少女が吠《ほ》えた。

彼女の右手には、スプレー式のペンキの缶が握られていた。

「あなた、だったの？」

「放せよ、ババア！」

「何であんなことしたの？」

「放さないと全部ばらすからね！」

私は彼女の手を思い切り引っ張り、自分の方へ引き寄せた。左手に握っていた鋏をその子の頬にぴたりと当てた。

ひっとその子が息を飲む。

背中で誰かが「やめろ」と小さな声を出した。ダニーが呆然《ぼうぜん》と玄関の前に立っていた。

「汐美、やめるんだ。鋏をこっちに渡すんだ」

まるで下手な刑事ドラマの役者のような口調だった。私は少し笑いたくなる。

腕の中で硬くなっている少女に私は問い掛けた。

「ばらすって、何を？」

「お兄ちゃんのことよっ！」

やけくそな口調で叫んだかと思ったら、次の瞬間、私は嫌というほどその子に右手を嚙《か》まれた。思わず鋏を持った手に力が入った。

鋏の先に、肉の感触があった。

その後のことは、何だかよく分からなかった。

少女は泣き叫び、私はダニーに突き飛ばされ、廊下に近所の奥さん達の顔があった。

私は自分の部屋の前に、へたりこんでいた。

かすむ視界の中に、私の家の玄関が見えた。真っ赤なスプレーペンキで「シネ」と大きく書かれていた。

同じ色の血が、少女の服についている。まだ握りしめていた鋏にもついている。

奥さん達が、泣き叫ぶ少女の肩に手を置いて、私の方を怯《おび》えた眼差《まなざ》しで見ていた。

腰を抜かした私の前に、ダニーが立ちはだかった。

「なんてことを、してくれたんだ」

私はダニーを見上げる。彼の目には怒りと憐《あわ》れみがあった。

「顔を刺すなんて、信じられん。顔はあの子の商売道具だぞ。あの子が稼げなくなったら、僕は女房と別れられないんだぞ」

私はぼんやりとダニーの顔を見ていた。ああ、やはり奇跡なんか起こりはしないのだ。

「みんな幸せになれたかもしれないのに。それを君は」

その後に言葉はなかった。ダニーはうつむき、固く目を閉じた。

どこからか救急車の音がする。

私は鋏を離した。

手塚さんも病院入った方がいいんじゃないのと、誰かが囁《ささや》いたのが聞こえた。

終章　ひとりでねむる

夫の最後の優しさは、私に弁護士を立ててくれたことだった。

いや、本当のところ、私はそれを優しさなどとは思っていない。夫は箕輪家との話し合いの窓口になるのが嫌で、お金でそれを雇っただけのことなのだ。

けれど現実的には、その女性弁護士が窓口になってくれたおかげで、私はあれ以来誰とも顔を合わさずに済んでいる。

私が樹里の顔に鋏《はさみ》を立てた件は、示談で済むことになった。

あの後駆けつけた箕輪さんに、私は嫌というほど殴られて顔に大きな痣《あざ》を作ったことと、樹里の一連のいやがらせがばれたことで、警察沙汰《ざた》にするのは箕輪さんも都合が悪いと思ったのだろう。何しろ樹里は、子役ながらもいっぱしの芸能人なのだ。スキャンダルは困るのだ。

そして今私は、再び塔に幽閉されている。

今度は郊外の緑の丘の塔ではなく、新宿の高層ビルのホテルの一室だ。もう二週間近く私はホテルのベッドでただ寝ころがっている。

あの日、私が樹里に怪我をさせたと連絡を受けた夫は、すばやく私をマンションから連れだし、ここへ閉じこめた。

私は夫に言われた通り、ここでおとなしくじっとしている。一日に一度弁護士が現れ、事の経過を教えてくれる。

樹里の顔の傷は思ったよりも浅く、後々残るようなものではなかった。けれどコマーシャル出演キャンセルの慰謝料として一千万円を要求しているそうだ。

いくら何でも一千万は法外の高さなので、交渉してもう少し妥当な値段に落とせると思いますと、まだ若そうな女性弁護士は言った。私はルームサービスで取ったフルーツ盛り合わせを食べながら適当に頷《うなず》いた。

「じゃあ、今日はこれで失礼します」

そう言って立ち上がった弁護士を、私は呼び止めた。

「あ、すみません。ひとつだけお願いがあるんですけど」

「はい。何でしょう」

料金さえ頂ければ何でもどうぞ、という笑顔でその人は微笑んだ。

「みどりヶ丘の獣医さんのところに行って、タビの様子を見てきてもらえないかしら」

「ああ、猫ちゃん」

その人は笑顔のまま頷いた。

「ホテルじゃ連れて来られないですもんね」

「なるべく早く迎えに行くって、獣医さんに言っておいてもらえませんか」

弁護士が部屋から出て行ってしまうと、私は窓辺に立ち、眼下に広がる東京の街を眺めながら苺《いちご》をひとつ口に入れた。この街のどこかで夫は今日も忙しく仕事をしていることだろう。それでなくても忙しいのに、信じられない面倒を起こした妻を恨みながら。

ここに来てから私は何度か外出を許された。夫がどこかで調べてきたらしい精神科にカウンセリングを受けに行ったのだ。そこに行くのも弁護士が付き添ってくれた。

私はごく軽い鬱《うつ》病と診断された。精神科のカウンセラーもまだ若そうな女性だった。最近の若い女の人は、皆感じがよくて働き者なんだなあと私は的外れな感想を持った。

少しの薬と少しの休養できっとすぐ回復しますよ、次回は旦那《だんな》様といっしょにいらして下さいとその人は微笑んだ。私もつられてにっこり笑った。

弁護士から夫に、私といっしょに医者に行かなくてはならないことは伝わっているはずだった。けれど当日、夫はやはり来なかった。

女医はかすかに眉《まゆ》をひそめたけれど、私は平気だった。主人は忙しい人だからと私は言った。女医はそんな私を目を細めて見た。彼女がこれから何を言うか、予知能力なんかなくても私には分かっていた。夫婦は協力し、話し合わなければいけないのだと彼女は思った通りのことを口にした。

私と夫は、何かを話し合ったということが一度もなかった。それは夫が私から逃げていたせいもあるし、何よりも私が逃げていたのだ。

何故なら、話し合えば話し合うほど、私は不利になる。本当は知っていたのだ。とっくの昔に分かっていたのだ。けれど私は知らん顔をしていた。彼には「妻」が必要ではなかったことに。

私はこのホテルの部屋に閉じこもり、弁護士を通した夫の命令に従い続けている。広いダブルベッドの上でごろごろと寝ころがり、ルームサービス取り放題でおいしいものをおなかいっぱい食べている。

貰《もら》った薬が本当に効くのかどうか半信半疑だったが、飲みはじめて三日目ぐらいで、何となく気持ちが穏やかになるような気がした。医学は発達しているのだなと、私は無邪気に思ったりした。

一度だけ私は柳田さんに電話をしてみた。

彼女は大袈裟《おおげさ》に驚き、私の居場所を尋ねた。新宿のホテルにいると言うと、柳田さんは本当に？　と疑ってきた。

どうやらマンションでは、私が精神病院に入院しているという噂がたっているのだそうだ。私はそれを聞いて笑った。あたらずといえども遠からじという感じだ。

柳田さんは、心配だから会いに行きたいと言ってくれた。近いうちに必ずタッパーを返しに行くからと私は約束した。

私も柳田さんに会いたかった。けれど今会ったら、私は我慢できなくなりそうで恐かった。

今、歯をくいしばっている我慢の、タガが外れるのが恐かった。

会いたい人がいる。涙が出るほど会いたい男の子がいる。

でも私は、血が滲《にじ》むほど、我慢をしていた。


サイドボードの上の電話が鳴ったのは、昼間の半端な時間だった。

もう私は何日ここにいるのか、よく分からなくなっていた。退屈ではなかった。医者から貰った薬が効いているのか、私はいつもとろんとしていて、ただベッドの上で寝そべっていた。窓の外だけが勝手に明るくなったり暗くなったりしていた。

電話を取ると、夫の声が流れてきた。

「俺」

「あ、どうも」

私は弁護士に答えるのと同じ調子で挨拶《あいさつ》した。

「今、家にいるんだけど」

「家って、みどりヶ丘の？」

「そう」

「何で？」

「何でって、まあ、あれだ、荷物の整理をね」

珍しく夫が口ごもっている。ちゃんとこうやって会話をするのは久しぶりだ。私が樹里を怪我させた時でさえ、夫はほとんど口をきかず、ただ私に「ほとぼりがさめるまでホテルに泊まれ」と犯罪者に言うように命令しただけだった。

「弁護士から聞いてないか？」

夫は言った。私は電話のコードを指でくるくる巻いて少し笑った。

「聞いたよ」

彼は弁護士を通して、あのマンションを引き払うことに決めたと報告してきた。相談ではなく報告だ。売ったお金で箕輪さんへの慰謝料を払うらしい。

「もうお前、住めないだろ」

夫は静かにそう言った。確かにそうだ。手塚さんちの奥さんは頭がおかしいと噂されては、もう住めないかもしれない。だからといって、何故彼は私に一言も相談なしに、私のお城を売ってしまえるのだろう。そのお城には私の友達がいたことすら、彼には想像もつかないことなのだ。

「ねえ、部屋にいるなら、ちょっと私のドレッサーの所まで行ってくれない？」

「ドレッサーって？」

「鏡台よ。寝室にあるやつ」

「ああ、あれね」

コードレスの子機を持ったまま、夫が歩く音が聞こえる。

「来たよ。それで何？」

「一番下の大きい引き出し、開けてみてくれる？」

「一番下ね……」

私は夫が引き出しを開ける様子を目をつぶって想像した。中から出てくる、一ダースのローラ・アシュレイ。

沈黙が続いた。夫はもう電話を切りたくなっていることだろう。彼はこういう思わせぶりなことは嫌いなのだ。

「ねえ、どうしていつも、同じ香水を買って来たの？」

私は尋ねた。

「私ね、香水って嫌いなのよ。臭いじゃない」

夫はしばらく黙った後、疲れた感じの声で言った。

「だったら、どうしてそう言わなかったんだ？」

今度は私が黙る。

「お前は何も言わなかったじゃないか。こんなふうに、本当は気に入らなかったんだって後から言うぐらいなら、どうして最初の一本目を貰った時にそう言わなかったんだよ」

最初の一本目は嬉《うれ》しかったのだ。私は香水をつける習慣はないけれど、夫がお土産を買ってきてくれたという事実が嬉しかった。けれどそれが二本、三本と続いていくうちに、彼が単なる義務でそれを買ってくるのだと気がついた。

私が依然として黙っていると、夫はさらに言った。

「汐美はいい女房だったよ。早く帰って来いとか、どこかに連れて行ってくれとか、家庭のことも考えてくれとか、うっとうしいことをひとつも言わない女だったよ。でも、お前が我慢して何も言わなかったことぐらい俺だって気がついてた」

夫は気がついていない。自分が全部過去形で話していることを。いい女房だった、と。

「言えばよかったじゃないか。こんなふうに変になるぐらいなら、俺に文句を言えばよかったじゃないか」

私の気持ちについて、夫が口に出して語るのをこの期に及んで私ははじめて聞いた。けれどそれは、そらぞらしく耳に響いた。そんなことを言うなら、何故会いに来てくれないのだろうか。みどりヶ丘まで帰る時間があるなら、新宿のホテルに顔を出す時間は十分あるはずだ。

「言ったら聞いてくれたの？」

「聞いたさ」

「そうね、耳があるんだもんね」

私はくすりと笑う。何もかも終わったと思っているからこそ、彼は「もしも」の話ができるのだ。話なら、今からでも聞けばいいではないか。でも彼は忙しい仕事の合間を縫って引っ越しの準備をしているのだ。面倒を起こさないはずの妻が面倒を起こし、彼はその残務整理を一刻も早く終わらせたいと思っているのだ。

「もう自由にして」

私はそう告げていた。夫は露骨に大きな溜《た》め息を吐く。

「汐美のことを束縛した覚えはないよ。今までだってこれからだって、好きなことをすればいいじゃないか」

「他に好きな男の人ができたの。だから離婚したい」

夫はしばらく黙っていた。絶句しているのか、内心喜んでいるのか私には分からない。

「分かった」

彼は簡潔にそう言った。

「家具とか財産分与とか、そういう問題は」

「せっかく弁護士さんを雇ったことだし、彼女に頼みます」

「そうだな……えっと……」

「その部屋にあるものは、全部あなたが買ったものだから私はいらない。タビだけは私にちょうだい。このホテル代とか箕輪さんや弁護士さんに払うのに沢山お金使わせちゃったみたいだから慰謝料なんかいらない。第一あなただけが悪いわけじゃないし」

うん、と夫は分かったような分からないような返事をした。まだ彼は何か言いたそうだったが、私は「じゃ、そういうことで」と言って電話を切った。

私は電話の脇に置いてあった、ホテルのキーを手に取った。

塔の鍵《かぎ》は、私が持っていたのだ。

いつでも開けて、出て行ってもよかったのだ。

夫の言うことは正しかった。束縛していたのは夫ではなかった。

看守は、私だったのだ。


しかし一文無しで手に職もなく、ついでに猫まで連れている私が、急にひとりで暮らせるわけもなく、結局私は北海道の実家に帰ることになった。

夫が箕輪家に払った分の慰謝料は、働いて返そうと心に決めていた。その返済を早くするためにも、やはり実家に身を寄せるのが最良の方法だったし、精神科の先生も、しばらくは育った土地でのんびりするのがいいと勧めた。実家は小さいけれど一軒家なので、タビを飼うことも問題がない。

慰謝料の返却、という恰好《かっこう》の悪い動機ではあったが、私ははじめて自分から「働こう」

と思ったのだ。

それは何だか新鮮な感覚だった。

お医者さんは、無理して急にあれこれはじめるとまた具合が悪くなるよと心配してくれたけれど、不安はなかった。人目と飼い主のご機嫌を気にして、びくびくしなければならない理由はもうないのだ。

実家に帰ることがベストの選択であることは、私にはよく分かっていた。だから、そうすることを決心したのだ。

けれど、未練は大いにあった。

ルフィオのこともダニーのことも、せっかく親しくなった柳田さんのことも、放って逃げてしまうのは卑怯《ひきょう》な気がした。

もしあの時樹里が来なかったら、私はダニーのプロポーズを受けていたのだろうか。

そして今頃、三人で暮らす夢を見ていたのだろうか。

なんてことをしてくれたんだ、とダニーは悔し涙を流していた。解放されるところだったのにと。

私は頰杖《ほおづえ》をついて、しみじみとダニーのことを思い出す。私はいったい彼に対してどういう気持ちを抱いていたのだろう。自分のことなのに、私にはよく分からなかった。

もちろん恨んでなどいない。私は確かにあの人が好きだったと思う。そばにいると安心できた。いっしょに食事をするのが楽しかった。では何故、私は彼のプロポーズに頷《うなず》けなかったのだろう。家族になれたかもしれなかったのに。

私はそこまで考えて、唇を噛《か》んだ。

頷けるはずがない。私はきっとダニーに父親を求めていたのだ。ルフィオの歳まで私も戻り、彼を「お父さん」と呼びたかったのかもしれない。

ずっしりと罪悪感が胸に詰まった。

私はダニーにひどいことをしてしまったのだ。

泣くことさえ卑怯な気がした。私にはダニーを思って泣く権利はない。けれど私は声を押し殺して泣いた。

もう取り返しはつかない。

もう三人では暮らせない。


実家への引っ越しの荷物は、身の回りのものをほんの少しだけで、後のものは全部処分してもらうことにした。

だから私は、一度だけみどりヶ丘のグリーンヒルズに戻った。

三週間ほど離れただけだったのに、みどりヶ丘の駅がひどく懐かしく感じられた。

私は獣医にタビを迎えに行った。銀のケージに入れられていたタビは、最初訝《いぶか》しげな目をしていたが、私に抱かれると仕方ないかという顔をした。私は少し痩《や》せてしまったタビを抱きしめ目をつむった。もう二度と、つらい目にあわせないからねと私はタビに謝った。

タビをバスケットに入れて、私はグリーンヒルズへの循環バスに乗った。まるで何事もなかったような、見慣れた穏やかな風景が窓の外を流れていく。

グリーンヒルズのバス停を降り、私はいつも歩いていたゆるやかなスロープを上がった。その日はコートを着ていると汗ばむような暖かさだった。私は夫のお下がりのダウンジャケットを脱いで手に持った。

マンションの入口の所で、知った顔の奥さんとすれ違い、私は会釈をした。その人は反射的に愛想よく笑った後、私が誰であるか思い出したらしく、ぎょっとした顔をした。

久しぶりに帰って来た自分の部屋は、ずっと窓を閉め切っていたせいで、空気が重く淀《よど》んでいた。

夫も引っ越しの荷造りを始めたらしく、いくつか段ボール箱が積んである。タビをバスケットから出してやると、くんくんと鼻を鳴らし埃《ほこり》っぽい部屋を点検していた。私は引っ越し業者が持って来たらしい、真新しい段ボール箱をひとつ組み立てると、早速荷物の整理をはじめた。

持って帰りたい物などほとんど何もなかった。下着と昔から持っている服を何着かと、タビの毛を梳《と》かすステンレスの櫛《くし》ぐらいだ。

その荷物の少なさに、私はいかに六年間の結婚生活が空っぽだったかを知った。押入れの奥から、私は一冊のアルバムを引っ張りだした。何年もいっしょに暮らしていたのに、アルバムは一冊しかない。その一冊きりのアルバムに貼ってあるのは、結婚式の時のスナップと、新婚旅行の時のスナップが数枚。それだけだった。

私はそのアルバムを持って帰ろうかどうしようか少し迷った。けれど、やはり置いていくことにした。捨ててしまうか取っておくかは夫にまかせよう。

それよりも、自分が出ている例のCMのビデオをどうしようかと迷った。テレビの下の引き出しを開け、そのビデオテープを取り出す。

結婚式の写真よりも何よりも、夫がかつて確かに私を愛してくれていた証拠のフィルムだ。私はその黒いプラスチックの箱を段ボール箱に入れた。思い出はこれだけでよかった。

あの時、確かに夫と私は愛し合っていたのだ。ほんの短い間だったのかもしれないけれど、気持ちが通い合った時もあったのだ。

ふいに泣きたくなって、私は首を振って立ち上がった。ガラス戸を開けてベランダに出てみる。グリーンヒルズの公園の芝に、ほんのり色がついていた。

毎年、春が来るのが憂鬱《ゆううつ》だった。

水道の水が柔らかくなって、細かい雨が降ると春が来る。その季節が、私には重く感じられて仕方がなかった。このままじゃいけない、という気にさせる春が私は嫌いだった。

このベランダに立って、何度も季節が過ぎていくのを私は見ていた。ただ何もせず、じっと馬鹿みたいに空だけ見ていたのだ。

私は退屈を求めていた。何も起こらないことを望んでいた。このまま永遠に、空だけ見て暮らしていきたかった。

でも結局、何もかも自分の手で壊してしまった。どんなにうまく死んだふりをしても、やはり自分から本当に死ぬことはできなかった。私は生きていきたかった。春が来たことを喜べる暮らしが欲しかった。

私は今日の最終便で北海道に帰る。心配した両親が一刻も早く帰って来いとチケットを送ってくれたのだ。

大きな敗北感を私は感じた。けれど、それは悪くない感情だった。焼け野原に立った自分というのはそんなに悪くない。何も持っていないのがさっぱりと気持ちがよかった。

その時だった。マンションの下で、誰かが手を振っているような気がした。私は柵《さく》に手を置いて目を細めてみる。紺色の服の男の子が、私に手を振っていた。

「この、タコ！」

部屋に入って来るなり、ルフィオは鞄《かばん》を放って私を怒鳴りつけた。

「タコってあんた……まあ、座りなさいよ」

「タコだからタコだって言ってんだよ。お前いくつだよ？　大人だろう？　信じらんねえことすんなよ」

私はルフィオの剣幕に押されてしまって、へこへこと頭を下げる。

「……はあ、すみません」

「タビを窓から放り投げたって？　樹里を鋏《はさみ》でどついたって？　信じらんねえよ。頭おかしいんじゃないの？　あ、だから病院入ってたんだっけ」

ルフィオは勝手に納得し、ソファにどすんと腰を下ろした。誰かが来たことに気がついたタビが、キッチンからのっそりと顔を出す。ルフィオはタビを飛びつくようにして抱いた。

「無事だったのかあ、よかったなあ。恐かっただろう。信じられないババアだなあ」

猫の頭を撫《な》でまわし、彼は何度もキスをした。タビは迷惑そうな鳴き声をたてる。

「あんた、声が大きいよ。隣にお母さん、いるかもしれないんでしょ？」

「汐美ちゃん、うちのババアと顔合わせないように気をつけろよ。今度会ったらぶっ殺すとか言ってたから」

彼は事の重大さが分かっているのかいないのか、けけけと楽しそうに笑った。

「それで汐美ちゃん、いつ退院したのさ」

「入院してないっていうのに」

「え？　そうなの？　マンション中の噂だぜ。手塚さんの奥さんは、頭のネジが緩んで入院中だって」

「ネジは緩んだけど、お医者さんに締めてもらったんだよ」

ルフィオはふうんと頷きながらタビを放して、穿《は》いていた靴下を脱ぎ始めた。彼には家に上がるとすぐ靴下を脱ぐ癖がある。その大きな素足を見て、私は胸が痛んだ。

「靴下脱ぐ癖、中年の親父みたいだからやめなよ」

下を向いていたルフィオが顔を上げた。今まで笑っていた目が真面目になっている。

「汐美ちゃん、本当に引っ越すの？」

彼は顎《あご》で段ボール箱を指す。

「うん。田舎帰る。札幌なの」

「離婚したって本当？」

「うん」

「どうしても帰るの？」

私は首だけで頷いた。声を出したら泣いてしまいそうだった。

「汐美ちゃんがいなくなったら、どこでファミコンすればいいんだよ」

「友達、つくんなさい」

「学校さぼったら、どこに行けばいいんだよ」

「さぼらなきゃいいでしょう」

ルフィオは急にふっと笑って「冷てえなあ」と呟《つぶや》いた。

私は速まる心臓のリズムを収めようと、座っていたクッションから腰を上げた。そしてキッチンに行き冷蔵庫を開けてみた。

期待はしていなかったけれど、そこにはほとんど何も入っていなかった。きっと片っ端から夫が捨てたのだろう。

がらんとした冷蔵庫の中には、調味料と瓶入りのピクルスと缶コーヒーとジュースとビールが入っていた。

「ルフィオ、何か飲む？」

「何があるの？」

「缶コーヒーかトマトジュースかビール」

「じゃあ、ビール」

私は冷蔵庫に突っこんでいた顔を上げた。

「あんた、お酒飲めるの？」

「俺、甘いコーヒーは死ぬほど嫌いだし、トマトジュースもゲロしちゃうぐらい嫌い」

私は「あ、そう」と呟いて、缶ビールとピクルスを取りだした。お医者さんにアルコールは止められていたし、自分でもお酒を飲むとどうなるか自信がなかったけれど、これで最後かもしれないのだからいいかという気になった。

「でも、私がベランダにいたこと、よく気がついたね。偶然会えてよかった」

グラスをふたつと、ピクルスを出す皿を食器棚から取りだして、私はルフィオに渡した。彼はそれを絨毯《じゅうたん》の上に並べる。私とルフィオは床の上に向かい合って座り、即席の宴会になった。胡座《あぐら》をかくルフィオの足の間にタビがやって来てくるんと丸まった。

「偶然じゃないよ」

ビールのプルリングを開けながら、ルフィオが言った。

「え？」

「俺ね、毎日学校から帰って来ると、前の公園のベンチに座って、汐美ちゃんちに電気が点《つ》かないか、三時間ぐらい見てたんだもん」

「……うそ」

「嘘なもんかい」

グラスにビールを注ぎ、私とルフィオは乾杯と言ってグラスを合わせた。彼はそれをくーっと飲み干す。そして、はあっと息を吐いた。

「今日は期末テストでさ、早く帰って来たから、ずっと夜まで見てようと思ってたんだ。そしたら汐美ちゃんが出て来るじゃん。嬉《うれ》しくてびっくりしちゃったよ」

「……もう酔ってる？」

「何でだよ」

「いや、なんか素直だから」

ルフィオはピクルスを手でつまみ、口に放りこんでコリコリと音を立てた。

「あのね、ルフィオ」

私はビールをちびちび啜《すす》り、彼の顔を上目遣いに見た。何だか急に大人びたように感じるのは気のせいだろうか。

「色々と、ごめんね」

「何が？」

「何がってその……」

「赤くなってやんの」

そう言うルフィオも顔が真っ赤だった。ビールの酔いにしては早い。いやでも、この子はまだ十三なのだ。ビール一杯で酔っても不思議じゃない。

「俺ね、ちょっと責任感じてんの」

「え？」

唐突なルフィオの言葉に、私はピクルスに伸ばした手を止めた。

「妹のこと」

私は訳が分からずきょとんとする。

「前にさ、樹里が猫見せてって来たことあったじゃんか。あの時、やっぱ俺の靴見られてさ。樹里の奴、プライドだけはこーんな高いガキだから」

こーんなとルフィオは長い手を上に伸ばす。

「自分は断られたのに、何でお兄ちゃんは隣の家に遊びに行ってるんだってカチンときちゃったらしくてさあ」

「……そうだったんだ」

「で、汐美ちゃんが、隣のおばさんは頭がおかしいとかレズだとか言えって言っただろう？」

「私、そんなこと言ったっけ？」

「言ったんだよ。そのまま樹里に伝えたらさ、あいつ、気持ち悪いおばさんが隣に住んでるのが耐えられない、とか母ちゃんに言いだしてさあ」

「……げえ。本当？」

「大変だったんだ。まあ母ちゃんは相手にしなかったけど、樹里の奴、俺のこと脅してきてさ、隣に遊びに行ってることママにばらされたくなかったら、これから私の宿題を全部やれとか言っちゃって」

私はぽかんと口を開けた。

「それで何？　宿題やってんの？」

「やってるよ。ま、でも小学生の宿題なんかちょろいから、別にいいんだけど」

そんなこと、私は何も気がつかなかった。ルフィオが樹里に脅迫されてたなんて。そこで私はふと気がついた。

「ちょっと待って。だったらあんた、金魚の死骸《しがい》が送られて来た時……」

「ああ。樹里かなって思ったけどさ、父ちゃんもいたし、黙ってたんだ。でさ、その後ちゃんと樹里のこと殴っといたから。しばらくおとなしかったんだけど、懲りてなかったんだな、あのスプレーの落書きは」

「あんた、妹に暴力振るっちゃ駄目じゃない」

「そういう汐美ちゃんは、鋏《はさみ》でどついたじゃない」

私は言葉に詰まった。ルフィオはビールの缶を取り上げると、空になった自分のグラスに注いだ。

「汐美ちゃんって、女らしいよね」

「はあ?」

突然そんなこと言われて、私は目をぱちくりさせる。

「ジュースでも何でも、缶物を飲む時はコップを出してくるじゃない。お菓子なんか食べる時も袋からじゃなくて、こうやってお皿に出してくれたじゃん」

ルフィオはピクルスの皿を指す。まだ彼が何か言いそうだったので、私は言葉の続きを待った。けれどルフィオはそれきり黙りこんでしまった。

でも、私には伝わった。

だから好き、という言葉が。

私はそれで赤くなって下を向く。セックスまでしておいて、何でこんな子供みたいなやり取りで私は赤くなってるんだろうと思った。ビールのせいかもしれない。

「ダニーはどうしてる?」

恥ずかしさをごまかそうと私は話題を変えた。

「あ、そうだ。言おうと思ってたんだ。なんかね、父ちゃん、謝ってたよ」

ビールでからだが火照ってきたのか、ルフィオは制服の上着を脱いだ。寝ていたタビが目を覚まし、欠伸《あくび》をしてから食器棚の上にひらりと上って行った。

「汐美ちゃんに会うことがあったら、謝ってたって伝えてくれって、俺に言ってた。喧嘩《けんか》でもしたの?」

私は笑って首を振る。ルフィオは口についたビールの泡を手の甲で拭《ふ》いてから言った。

「父ちゃん、汐美ちゃんが好きだったんだと思うよ」

「うん」

「知ってた?」

「うん」

「離婚しちゃったんなら、父ちゃんと結婚すれば？」

「それも考えたんだけどね、でもあんたのお父さんは独身じゃないじゃない。私と結婚するってことは、あんたのお父さんとお母さんが離婚するってことだよ？」

ルフィオはそれを聞いて、唇を尖《とが》らせた。

「それにしばらく私、誰とも結婚なんか考えられないと思う。私ね、歳はあんたより十五も上だけど、精神年齢はあんたより下かもしれないから。結婚するには、もう少し大人にならなきゃうまくいかないんだよ、きっと」

私は正直に思ったことを口にした。ルフィオは黙って食器棚の上のタビを見上げている。

「あのね、汐美ちゃん」

「ん？」

「俺ね、母ちゃんのこと、すごく嫌いってわけじゃないんだよ」

ルフィオは溜《た》め息とともにそう言った。

「やなババアだとけ思うけど、父ちゃんと結婚するまでは、ひとりで俺と樹里のこと育ててくれたんだ。俺がもっとガキの頃はさ、今みたいじゃなくて、もっと優しい感じだったんだ」

「いい思い出もあるのね」

「そんなんじゃねえけど……」

照れたようにルフィオは首を傾げる。

「あれでね、うちの母ちゃん、結構にぶいんだよ。俺や父ちゃんが汐美ちゃんとこ通ってたなんて全然気がつかねえでさ。俺、どっちかっていうと、恐いのは妹だね」

私は軽く頷《うなず》いた。

「父ちゃんはさ、給料を持ってくる機械みたいに自分のことを思ってるみたいだけど、そうじゃないんだ。えーとさ、うまく言えないけど、父ちゃんってすごく普通の人じゃん？」

「常識的だよね」

「そう、それ。母ちゃんは母ちゃんで外っかわだけきれいにしとけば中はどうでもいいって奴だし、妹は末恐ろしいガキだし、俺はこんなじゃん。その中に、あのハゲ親父がいるだけで、何となく空気がさ、えっと……」

「中和される？」

「そう、それ」

ルフィオはこっくり頷いた。そうか。どこか常識外れの私達の間に、あの人は必要な人だったのだ。そしてやはり箕輪さんにも、彼は必要な人なのかもしれない。

「ああ、なんか眠くなってきた」

ルフィオは指で目頭を擦《こす》る。

「もうやめておきなよ。少し酔いを醒《さ》まさなきゃ。酒臭いまますじゃ帰れないでしょ」

「うん。汐美ちゃん、引っ越すのいつなの？」

ごろりと床に横になって、ルフィオは無邪気に聞いた。

「今日なの。夜の飛行機で、田舎帰るんだ」

ええっ？　とルフィオは大きな声を出し、床から飛び起きた。

「嘘だろう。今日、帰るの？」

「うん」

「何だよ、今日で最後なの？」

私は視線をそらして、ぎくしゃくと頷いた。ルフィオの泣きそうな顔が目の前にあった。

私は我慢しきれず、彼の頭を抱き寄せる。背中に回されたルフィオの腕に力がこもった。

「ひどいよ。何も今日帰ることないじゃん」

私は彼の肩に頬をつけた。制服のシャツからは懐かしいルフィオの匂いがした。

「どうして？」

ルフィオはからだを離し、私の顔を見た。両方の目から涙がぼろぼろと流れていた。

「泣き虫」

ルフィオはうるせえなと呟《つぶや》き、シャツの袖口《そでぐち》で顔を拭《ぬぐ》った。

「何でだよ。どうして田舎なんか帰るんだよ」

「だって、もうここには住めないし、お金もないし」

「行くなよ」

私は唇を噛《か》んでうつむいた。もう少しで泣きそうだった。

「どうしても行くんなら、俺も連れてってよ」

「無理だよ」

ルフィオはがっくり肩を落とすと、小さく嗚咽《おえつ》の声を漏らした。私には、どうすることもできなかった。

「……俺がタビのこと飼ったらいけない？」

ふいに思いついたように、ルフィオはそう呟いた。

「このマンションは、動物飼育は不可」

彼は大きく息を吐く。いったいこの子に、私は何を言ってあげたらいいのだろう。

「ねえ、私といっしょに暮らしたい？」

私は聞いた。首だけで彼は頷く。

「いいよ。いっしょに暮らそうよ。私もルフィオといっしょに暮らしたい」

彼はゆっくり顔を上げた。その顔には、喜びとともに、そんなことができるものかという不信が混ざっていた。

「すぐには無理だよ。私は無職だし、あんたは中学一年生だし」

ルフィオの顔に、失望が広がっていく。

「本当にいっしょに暮らしたいなら、ルフィオは最低高校まで出なよね。私は仕事を見つけて、自分のことぐらい自分で養えるようになるから。そうしたら私、もう一度田舎から出て来るから」

失望の表情に、また希望の色が混じった。その顔色の変化を見て私は微笑む。

「私は独身だもの。何も問題ないよ。あと六年もしたら、誰にも気兼ねしないでいっしょに暮らせるよ」

「本当に？」

私は笑って頷いた。その六年の間に、きっとルフィオには同年代の友人が沢山でき、女の子と恋もするだろう。頭のいい子だから、きっと大学にも進学したくなるだろう。そして私のことなど、少し特殊な思い出として心の底の引き出しにしまわれるのだ。

「約束だよ？」

ルフィオは真顔でそう言った。私は何度も頷く。

「でも、それまで会えないの？」

「会えるよ。ルフィオが会ってくれるなら、私、何度も遊びに来るし、とりあえず私の家に専用の電話を引くから、いつでも話せるよ。コレクトコールしてくれていいから」

ルフィオは真っ赤な目のまま、はにかんだように笑った。

私の顔も笑ってはいた。けれど、胸の中は裏腹に、死にたいほどつらくて悲しかった。決して叶《かな》えられない約束が、吐きそうなほど苦しかった。

「そっか。何なら俺が北海道にある高校に行ってもいいよ。あ、母ちゃんがそんなの許さねえか。ま、父ちゃんもいるし、何とかなるかもしれない」

急に元気になったルフィオを、私は目を細めて見た。

「いっしょに住むならさあ、俺、こういうマンションはやだな。動物飼えないし。俺ね、猫もいいけど大っきい犬飼うのが夢なの。セントバーナードでもハスキーでも、あ、シェパードとかコリーもいいよな。ねえ、一軒家だったら、父ちゃんもいっしょに住まわせてやってもいいか。三人で暮らしたら楽しいよ、きっと」

「そうだね。楽しいよね」

そう相槌《あいづち》を打ったとたん、私は突然パチンと頰を叩《たた》かれた。そう強くではないが、びっくりした。今まで機嫌よく夢を語っていたのに、突然彼は怒った顔になっていた。

「絵空事だと思ってるんだろう」

彼は責めるようにそう言った。

「俺が子供だと思って、適当にごまかしてるんだろう」

私は叩かれた頰にそっと指を触れた。ルフィオが涙に滲《にじ》んだ目で私を見下ろしている。

この子は分かっているのだ。自分にとって、六年という時間がどれほど長い時間なのか、その間に何があり、ふたりの気持ちが時間と距離とともに離れていくことぐらいは分かっているのだ。

「汐美ちゃん、田舎に帰ったらもう一回『フック』見てみろよ」

「……どうして？」

「ネバーランドの子供が言ってるから。想像すると本当になるって」

ルフィオは私の頭に掌《てのひら》を置いた。まるで年上の恋人のように、彼は私の髪を撫《な》でた。

「そんな台詞《せりふ》、あったっけ？」

「汐美ちゃんは、見てるようで何も見てねえよな。ちゃんと見てみろよ、言ってるから」

私はルフィオの顔をすがるように見上げた。見ているようで何も見ていない。私は胸の内でその言葉を呟いた。

「……ビールもう一本飲もうか」

私は小さくそう言った。

「そっすね。汐美ちゃんさあ、食いもんピクルスしかねえの？　俺、昼食ってないから腹ぺこ」

私は笑って立ち上がった。確か戸棚にコンビーフとコーンの缶詰があった。それを開けて、ありったけのビールを飲もう。

酔っぱらうと私は、超能力が使えるのだ。

強く念じれば、未来も見えるかもしれない。見えないものが見えるかもしれない。

もう一本ビールのロング缶を空けただけで、ルフィオはあっさり眠りこんでしまった。私は苦労してルフィオをソファに寝かせ、着てきたダウンジャケットを彼に掛けた。ルフィオは真っ赤な顔で口を開け、鼾《いびき》をかいて眠っている。

私も少し酔っていたけれど、私の中の雌は暴れだしたりはしなかった。ルフィオの髪をそっと撫で、彼を起こさないように軽く額に唇をつけてから立ち上がった。

タビを食器棚から下ろし、バスケットに入れた。鍵《かぎ》をテーブルの上にのせ、私は部屋を出た。まだ夕方と呼ぶには早い時間だった。私は階段を下りて柳田さんの家の前まで行き、袋に入れたタッパーをドアのノブに掛けて、マンションを出た。

バス停までゆっくり歩き、私は循環バスに乗った。誰かに会えばいいのにと思ったのに、知った顔には一人もすれ違わなかった。現実なんてそんなものかもしれない。

みどりヶ丘に着くと、私は駅に向かって歩きだした。午後の半端な時間の駅前コンコースには、学生や買い物帰りの主婦達が行き交っている。

私はふと立ち止まった。

知った顔を見つけたのだ。

今私が上ろうとしていた駅の階段を、上からパチンコ屋の店員が下りて来ていた。高梨君だ。そして彼の右手には、小さな女の子の手が握られていた。

彼は私に気がつくと一瞬戸惑った顔をして、その後笑顔になった。

「こんにちは。えっと、高梨君だっけ」

「はい。お久しぶりです」

元ヤンキーの彼は、蛍光色の派手なスタジアムジャンパーを着ている。彼は照れくささそうに頭を掻《か》いた。

「あん時は、どうもすみませんでした」

「ううん。私の方こそ」

「あれ以来、店に来なくなっちゃったから、俺すごく気にしてたんですよ。悪いことしちゃったなって思って」

そこで連れていた女の子が「パパ、だあれ？」と彼に尋ねた。

「パパの店のお客さんだよ。ちゃんと挨拶《あいさつ》せい」

彼は娘の頭をこづく。その子は不機嫌そうにぺこりと頭を下げた。

「娘さんなの？　おいくつ？」

「四つです」

「え、なあに。それじゃ、いくつの時の子供なのよ」

「えっと、俺が十九の時かな。女房は十七だったんですよ」

「うわー、ヤンキー系の人はやることが早いわよねー」

私と高梨君は声を合わせて笑った。そこでバスケットの中のタビがみゃあと鳴いた。女の子が「ネコちゃん」と嬉《うれ》しそうな声を出す。

「どこか行かれるんですか？　猫連れて」

「……ちょっと里帰り」

「ああ、そうなんですか。じゃあ、帰って来たら、また店の方に来て下さいよ」

「うん、そうする」

「出る台、教えますから」

私と彼はそう言って上と下に別れて歩きだした。振り返ると女の子が「バイバイ」と手を振っていた。私も掌《て》を上げて振り返す。

ねえ、ルフィオ。

私は階段を上りながら思った。

いつか、いっしょに暮らそうね。それで、ああいう女の子をつくろうね。

それは、馬鹿馬鹿しい夢物語だった。絵空事だった。

けれど、想像すると本当になる。

超能力が使えるはずの私にも、未来の姿は見えなかった。

何故なら、未来はまだ、決まっていないことだからだ。そうなのだと私は信じよう。

想像すると、本当になる。
生きていれば、いつかそれは本当になる。
バスケットを持ち直し、私は駅の階段を一気に上った。
まだ起きていない、これからの時間へ。

あとがき

猫の恋、というのは春の季語だそうだが、実家で飼っている猫は子供の頃に不妊手術をしてしまったので、生まれてから一度も恋をしたことがない。春だろうが秋だろうが、日《ひ》溜《だ》まりの中で幸せそうにまどろんでいる。

私が彼女を拾ったのは、大学生の時だった。どろどろに汚れ道端でぴいぴい鳴いていた瀕死《ひんし》の子猫が、今ではもう十三歳だ。猫の歳に換算するとかなりの老齢だそうだが、大きな病気も怪我もしたことがなく健康そのものだ。

二十代という怒濤《どとう》の十年で、私が恋愛だ転職だとばたばたしている間、彼女はのんびりと昼寝をしたり、庭の柿の木なんかに上って遊んでいた。

彼女の顔を見ると、私は時折自分が恥ずかしくなる。煩悩の少ない猫には、百八つも煩悩を抱え、泣いたり笑ったりじたばたしている人間がさぞや滑稽《こっけい》に見えることだろう。

しかし彼女から「恋」という煩悩を取り上げたのは、他ならぬ私なのだ。

必死でワープロを打っていたり、友人と電話で無駄話をしていてふと顔を上げると、猫と目が合う時がある。ベッドの上にちょこんと座り、薄笑いを浮かべて彼女が私を見ている。

一九九四年　山本文緒

本書は一九九八年四月、幻冬舎より刊行された文庫です。

眠《ねむ》れるラプンツェル

山本文緒《やまもとふみお》

平成18年 6月25日　初版発行
令和7年 9月25日　18版発行

発行者●山下直久

発行●株式会社KADOKAWA
〒102-8177　東京都千代田区富士見2-13-3
電話　0570-002-301（ナビダイヤル）

角川文庫 14273

印刷所●株式会社KADOKAWA
製本所●株式会社KADOKAWA

表紙画●和田三造

●お問い合わせ
https://www.kadokawa.co.jp/（「お問い合わせ」へお進みください）
※内容によっては、お答えできない場合があります。
※サポートは日本国内のみとさせていただきます。
※Japanese text only

ISBN978-4-04-197013-3　C0193

角川文庫発刊に際して

角川源義

第二次世界大戦の敗北は、軍事力の敗北であった以上に、私たちの若い文化力の敗退であった。私たちの文化が戦争に対して如何に無力であり、単なるあだ花に過ぎなかったかを、私たちは身を以て体験し痛感した。西洋近代文化の摂取にとって、明治以後八十年の歳月は決して短かすぎたとは言えない。にもかかわらず、近代文化の伝統を確立し、自由な批判と柔軟な良識に富む文化層として自らを形成することに私たちは失敗して来た。そしてこれは、各層への文化の普及滲透を任務とする出版人の責任でもあった。

一九四五年以来、私たちは再び振出しに戻り、第一歩から踏み出すことを余儀なくされた。これは大きな不幸ではあるが、反面、これまでの混沌・未熟・歪曲の中にあった我が国の文化に秩序と確たる基礎を齎らすためには絶好の機会でもある。角川書店は、このような祖国の文化的危機にあたり、微力をも顧みず再建の礎石たるべき抱負と決意とをもって出発したが、ここに創立以来の念願を果すべく角川文庫を発刊する。これまで刊行されたあらゆる全集叢書文庫類の長所と短所とを検討し、古今東西の不朽の典籍を、良心的編集のもとに、廉価に、そして書架にふさわしい美本として、多くのひとびとに提供しようとする。しかし私たちは徒らに百科全書的な知識のジレッタントを作ることを目的とせず、あくまで祖国の文化に秩序と再建への道を示し、この文庫を角川書店の栄ある事業として、今後永久に継続発展せしめ、学芸と教養との殿堂として大成せんことを期したい。多くの読書子の愛情ある忠言と支持とによって、この希望と抱負とを完遂せしめられんことを願う。

一九四九年五月三日

角川文庫ベストセラー

パイナップルの彼方　山本文緒

堅い会社勤めでひとり暮らし、居心地のいい生活を送っていた深文。凪いだ空気が、一人の新人女性の登場でゆっくりと波を立て始めた。深文の思いはハワイに暮らす月子のもとへと飛ぶが。心に染み通る長編小説。

ブルーもしくはブルー　山本文緒

偶然、自分とそっくりな「分身（ドッペルゲンガー）」に出会った蒼子。2人は期間限定でお互いの生活を入れ替わってみるが、事態は思わぬ展開に……！　読みだしたら止まらない、中毒性あり山本ワールド！

ブラック・ティー　山本文緒

結婚して子どももいるはずだった。皆と同じように生きてきたつもりだった、なのにどこで歯車が狂ったのか。賢くもなく善良でもない、心に問題を抱えた寂しがりたちが、懸命に生きるさまを綴った短篇集。

絶対泣かない　山本文緒

あなたの夢はなんですか。仕事に満足してますか、誇りを持っていますか？　専業主婦から看護婦、秘書、エステティシャン。自立と夢を追い求める15の職業の女たちの心の闘いを描いた、元気の出る小説集。

みんないってしまう　山本文緒

恋人が出て行く、母が亡くなる。永久に続くかと思ったものは、みんな過去になった。物事はどんどん流れていく——数々の喪失を越え、人が本当の自分と出会う瞬間を鮮やかにすくいとった珠玉の短篇集。

角川文庫ベストセラー

落花流水　山本文緒

早く大人になりたい。一人ぼっちでも平気な大人になって、自由を手に入れる。そして新しい家族をつくる、勝手な大人に翻弄されたりせずに。若い母を姉と思って育った手毬の、60年にわたる家族と愛を描く。

なぎさ　山本文緒

故郷を飛び出し、静かに暮らす同窓生夫婦。夫は毎日妻の弁当を食べ、出社せず釣り三昧。行動を共にする後輩は、勤め先がブラック企業だと気づいていた。家事だけが取り柄の妻は、妹に誘われカフェを始めるが。

カウントダウン　山本文緒

岡花小春16歳。梅太郎とコンビでお笑いコンテストに挑戦したけれど、高飛車な美少女にけなされ散々な結果に。彼女は大手芸能プロ社長の娘だった！　お笑いの世界を目指す高校生の奮闘を描く青春小説！

シュガーレス・ラヴ　山本文緒

短時間、正座しただけで骨折する「骨粗鬆症」。恋人からの電話を待って夜も眠れない「睡眠障害」。フードコーディネーターを襲った「味覚異常」。ストレスに立ち向かい、再生する姿を描いた10の物語。

結婚願望　山本文緒

せっぱ詰まってはいない。今すぐ誰かと結婚したいとは思わない。でも、人は人を好きになると「結婚したい」と願う。心の奥底に巣くう「結婚」をまっすぐに見つめたビタースウィートなエッセイ集。